紀行
いまだかえらず

立野正裕
TATENO Masahiro

彩流社

曼陀羅の織物を拝み
枯れ枝の山のくづれを越え
水茎の長く映る渡しをわたり
草の実のさがる藪を通り
幻影の人は去る
永劫の旅人は帰らず

西脇順三郎『旅人かへらず』

まえがき

ここに掲げる五十編あまりの散文詩を、わたしはトルソーと名づけよう。

一九一〇年前後のことだが、中国への旅にのぼった一人のフランス人がいた。ヴィクトル・セガレンである。新しい文学ジャンルを長いあいだセガレンは模索していた。

それは第一に短い作品でなければならなかった。第二にその思考は、一種の長方形の枠に囲まれ、面と向かって読者に提示される堅固なものでなければならなかった。すなわち、短くて堅固な散文でなければならなかった。

旅の途上、道のいたるところに見受けられる碑《いしぶみ》を目にして、セガレンは強く魅せられた。かれを魅了したのはその形式だった。

「碑」こそは、表現されるべき短く堅固な散文にふさわしい形式と思われた。翻訳でもなければ、模作でもなく、引き写しでもない。それは、セガレンの内的世界を示唆するための迂回手段にほかならないのだった。そのセガレンの「碑」にも比肩し得るような文学形式、それが言葉によるトルソーである。

オーギュスト・ロダンのトルソー彫刻について、リルケほど印象深く書いた人はいない。

「そこには必要なものは少しも欠けてはいないのだ。何の補足をも許さない完全なもの、完成されたものとして、ひとはその前に立つ。」

ロダンのトルソーでわたしがことに心ひかれるのは、一群の手のトルソーだ。変幻して止まない手、手、手。なんという豊かな手の表情であろうか。リルケは書いている。手はそれ自身の文化を持つのだ、と。

眠っている手。めざめている手。歩いて行く手。横たわった手。いらだち、怒って、きっと身を起こしている手。

「ロダンの作品のなかには、どの身体の一部分でもなく、それ自身として生きている小さな手がある。」


それ自身として生きている小さな手のように、短く堅固な散文。

ロダンにおける手のトルソーを思わせるような散文。

セガレンにおける碑《いしぶみ》を想起させるような散文。

そういう散文を百編書きたい。いや千編書きたい。ちょうど、『千夜一夜物語』の語り手シェヘラザーデが、物語を語って語って語り抜いたように。

精神の閉塞空間にとらわれつつあるわれわれの時代には、短く堅固な散文こそが有効であろう。

それは閉塞する空間の闇を破る炬火であり、挑戦の石つぶてであり、ときには壁に穴をうがつ槌でさえありうるのだ。

いくたりもの巨匠や先達の偉大な業績にわたしは恩恵をこうむっている。かれらの作品の根幹となる思想を抽出し、自分の言葉に書き直してみる。引用はするが、翻訳でもなければ、模作でもなく、引き写しでもない。それは、わたしの内的世界を表わすための方法なのだ。それは同時に、自らが受けた感動と感銘とを明確に表明するための一形式でもある。

ここに掲げられる言葉のトルソー群は、「Ⅰ　旅の探求」「Ⅱ　青春への旅」「Ⅲ　希望への旅」「Ⅳ　孤独への旅」「Ⅴ　創造への旅」の五つのセクションに分けられる。便宜上の分類であるとはいえ、それぞれが旅の一里塚としての意味を持つようである。

旅人よ、信頼せよ、自分の感動を、そして先人の言葉を。

註

本編の出典は『セガレン著作集』（水声社）第六巻だが、アンリ・ブイエによるセガレン論も踏まえられている。同論考は『セガレン著作集』第六巻解説に引かれている。また、リルケのロダン論については、『ロダン』（岩波文庫）参照。さらにまた、J・A・シュモルによる論考「トルソー・モチーフの生成とロダンにおける断片様式の意味」が踏まえられている。同論考は、『芸術における未完成』（シュモル編、岩崎美術社）に収録されている。

目次

Ⅱ　青春への旅

Ⅲ　希望への旅

Ⅳ　孤独への旅

V　創造への旅

I

旅の探求

天の道

道なきをうらむな
天をゆくと思え

漂泊

漂泊こそわがさだめ
きのう　きょう　あす
地のおもて　地の底

地の果てまで
漂泊流転をわが境涯とし
古人の跡を辿る

雲よ巻け
われを押し包め
颪よ立て
われを吹き飛ばせ
三界に家なき身なれば
なにを惜しむべき

片雲となれ

朝の風

とどめがたき漂泊の思い
片雲の風に誘われて
いざ出でむとす
在りし日の
少年のごとく

遥かな視線

天よ、われに遥かな視線を与えよ
しかして心に暫しの静寂を
Far from the madding crowd

アシジの路上で——カルチェリからの道

路上をゆく者よ、しばし歩みを止めよ。
木々の清らかさを思い起こしたいと願うのなら。
木々の美しさを思い起こしたいと願うのなら。
立ち尽くせ、凍てつく冬の大気のただなかに。

路上をゆく者よ、しばし耳をかたむけよ。
静寂のなかでおまえは聴くだろう。
たたずむ木々、おまえの同胞の声の清らかさを。
美しい木々、おまえの同胞が語る言葉を。

路上をゆく者よ、しばし目を凝らせ。

夕陽の照り返しのなかにおまえは見いだすだろう。
十字架にかけられた人のように、聖痕を帯びた一本の樹を。
その傍らに立つ、黒く反転したおまえの姿を。

行路

あるとき、師がわたしにこう語った。
巡礼とは旅。
目的はある。
しかして目的はない。
老子も言った。
よき旅人とは、
定まった計画を持たず、
目的地到達の意図を持たぬものである、と。

つねに扉をひらけ。
外なる異なるものにも、
内なる異なるものにも、
隔てなく。
外側より眺められるもの。
それは内側を覗く窓である。
外なる存在は内にある。
内なる存在は外にある。
未知のものは既知のものの裏面にほかならず、
初めにあったものは終末に姿を現わす。

おまえの前を旅人がいつも歩み去ってゆく。
それはおまえ自身だ。
つねに置き去りにされる者。
それはおまえ自身だ。
それゆえおまえは見送るだろう。
多くの先行者のうしろ姿を。

学ばなくてはならない。
うしろ姿を見失うな。
学ぶべきいっさいはうしろ姿にある。

呼びかけるな。
先行者はけっしてうしろを振り向かない。
駆け出すな。
飛びかかるな。
追い越すな。
ただ歩き続けよ。
ただ一人、おまえがわが姿を見分けられるときまで。
そのときがいつかは分からない。
旅人はけっしてうしろを振り向かないからだ。
だが、おまえには察知される。
道の曲がり角か、
起伏のある峠道かで。
とはいえ、じきに見失うだろう。

雨や霧のため、
あるいは吹雪や豪雪のため、
数日、
数週間、
数か月、
または数年、
姿を見ないだろう。
しかしておまえは途方に暮れるだろう。
そのとき、思え。
むかしの巡礼が往々にして道のなかばで落命したことを。

想起せよ、巡礼路をたどり続ける者が止むことなく
道の上に現われたことを。
かれらは意に介さなかった。
横死または非業の死を遂げる不運に見舞われることを。
追剥に身ぐるみはがれようと、
強欲な関所役人に法外な通行税を要求されようと、

雨、雷に打たれ、
不慮の事故、
疲労、病に、
いつなんどき生命を脅かされようと、
かれらは意に介さなかった。

何処から旅立とうと同じこと、
行く手、前途には多くの難所が待ちかまえる。
それは苦難の道である。
旅に病んで、旅に死す。
そのとき旅人の心に風が吹くだろう。
いにしえの旅人の苦難は報いられたが、
かの時代に生を享けなかったおまえは、
自分を哀れめ。
だが、受け入れよ。
おまえを。
のちの世の旅人として生まれたおまえを。

いつか、
おまえの心にも風が吹くだろう。

旅は二度ある

旅は二度始まる。
まずいちどは足で。
二度目は回想で。
いちど目は体験だが、
二度目は経験だ。

足で歩くこと、
それは風土をからだで感じること。
風を、

空気を、
木々の匂い、
川のせせらぎ、
雲の動き、
街の喧騒、
人々との出会いを。
だが、それだけではない。
不安におののき、焦燥に駆られ、
怒りと苦痛に歯噛みする。
いっぽう、喜びと感動に涙することもある。
途方に暮れることも、
思わぬ遭遇に不思議を感じることもある。
だからこそ体験なのだ。

旅を回想すること、
それは旅を魂に刻むためだ。
確かな手で、

言葉を探り当て、
魂に行き着くためだ。
だがそれは一夜の宿り、
一刀で彫り上げ、
路傍に立て、道標とする。
さきはまだある。
だから経験になるのだ。

二つがより合わさって、
わたしの旅になる。
道標はいくつ立てられたのか。
分からない。
それはただ路上を行く人の目当て。
もう誰のものでもない。
だからこう思うがいい。
それがおまえの生きた証し、と。

オルペウス伝説——トラキアの地の底から

ここはブルガリアの南端、トラキアに間近い地の底。
どういう衝動がはたらくのか。
閉所恐怖症の人間を駆り立てて地の底におもむかせる。
むかしトラキアの楽人が、
死んだ妻の行方を尋ねて冥界くだりをしたその場所だ。
振り返らぬという条件で楽人は妻をこの世に連れ帰る。
地上まであと一歩。
だが楽人は振り返る。
背後に妻はいない。誰もいない。
失意のうちにやがて思いあたる。
振り返ったがゆえに妻は冥界に戻されたのではない。

初めから自分の背後に妻はいなかった。誰もいなかった。
冥界の人々は知っていたのだ。
自分がかならず振り返ることを。
振り返らざるを得ないことを。
なぜなら、
振り返る、それは地上に生きる人間の宿業にほかならぬ。
わたしの旅の始まりはサラエボ。百年を振り返る。
一九一四年。一九一八年。それからだ、
世界の目が地獄を見始めたのは。
わたしの旅は南へくだって、バルカンの民族紛争の跡を訪ねた。
モスタルの橋を見た。
ドゥブロヴニクの小高い山を見た。
旅の終わりはトラキア。やって来たのは深い穴だった。
むかしトラキアの楽人が、
死んだ妻の行方を尋ねて冥界くだりをした場所。
どういう衝動がはたらいたのか。
閉所恐怖症の人間を駆り立てて地の底におもむかせるとは。

だが、去り際に思いあたる。
自分は自分の旅をするほかはなかったのだ。
是非におよばぬことである。
だから振り返る。
わが目に映る最後の光景を。
それはいまや闇のなかにある。

根源への旅

旅の途次、
しきりに思案する。
根源とはなにか。
それはいまだ予感のうちにある。
しかして、かつてありしものの回想。

けっして経験し得ぬもの、
しかして、まぎれもなき故郷。
それが根源だ。

根源への旅は始まったばかり。
旅人よ、
故郷に帰れ。
旅人よ、
故郷を捨てよ。
始まりと終わりが出会うところ、
それが根源だ。

旅人よ、
おまえの旅を急げ。
始まりは終わり、
終わりは始まり。
だが、忘れるな。

出会うのは一瞬だ。

その男

その男は世界を見ていた。いつも現在の目で。
千回もはいったことのある部屋に足を踏み入れながら、
いつも新鮮な目で周りを見回した。
まるで初めてはいった部屋であるかのように。
人に会って挨拶をするとき、
その男は相手にすべての神経を注いだ。
相手の話を聞くときは、全身を耳にした。
その男は生きていた。いつも相手とともに。
その男がいるところ、そこにはいつも、
時間が生きていた。

あるとき、その男はリンパ腫の診断を受けた。
両足がひどく腫れ上がり、切断を余儀なくされた。
その男の病状はますます悪化したが、
その男の態度はいっそう鮮明になった。
見舞客に病状を尋ねられると、
自分の状態を分析しながら心境を語った。
そのあとでかならず、見舞客の近況を尋ねるのだった。
その男は現在に集中して、相手の話に耳をかたむけた。
そして強いきずなを相手に感じさせるのだった。
相手はいつも元気づけられて帰って行った。
その男こそは一つの実例だった。いまに生きる人間の。
その男は現在に生きる方法を知っていたので、
相手をも現在に生きさせる力があった。
相手の話を聞くときは、自分の過去に縛られず、
自分がいましがたしゃべったことへのこだわりさえ、
やすやすと捨て去った。
その男に会った人は、

正直に自分を見つめたくなるのだった。
どんな質問にも正直に答えたくなるのだった。
夏になったが、その男は秋を考えなかった。
ただもう、夏を生きた。
冬になったが、その男は春に心を動かされなかった。
ただもう、冬を生きた。
その男は現在を生ききることによって、
人生のそれぞれの季節を生きたのだ。
だからその男に会うと、
現在という瞬間が、いかに
過去や未来に奪われているかがよく分かるのだった。
だからこそ、その男はなによりもきらった。
この一瞬を逃すことを。

出典
キューブラー・ロス、ケスラー共著『ライフ・レッスン』(角川文庫)。

刈り入れの時は終わった

刈り入れの時は終わった。
日は移ろう。
秋が深くなる。
里の木漏れ日にさえ、
心に通うなにものかが宿り始める。
冬の前の遠野の秋。

旅人が野中の道を行く。
わたしは見送る。
さらば。
いま去って行く後ろ姿は、

もう一人の自分。

だから手を振らない。

註
何年も前の秋の時分、郷里遠野で木漏れ日に魅せられて足を止め、刈り入れを終わった田畑を眺めていたことがあった。だいぶ日もかたむいて、庭先で落ち葉を焚く煙が棚引いていた。そのときの情景を思い出しながら作った。

エイシクの旅

旅に関する興味深い寓話がマルティン・ブーバーの『敬虔者の物語』に語られている。それを紹介しよう。

ポーランドのクラクフにエイシクという者が住んでいた。

暮し向きがたいそう貧しかった。

ある晩、夢を見た。

夢のなかでかれはお告げを受けた。
——エイシクよ、プラハにおもむけ。
莫大な財宝が手に入れられるだろう。
王宮に続く橋の下に財宝は埋められている、と。
エイシクはためらった。
旅立つには先立つものが必要であった。
エイシクは貧しかった。
たかが夢ではないか、とエイシクは思った。
次の晩も同じ夢を見た。
たかが夢ではないか、とエイシクは思った。
その次の晩も同じ夢を見た。
たかが夢、されど三度も続いた夢である。
とうとう旅立つことにした。
プラハへの道は遠い。
長い道中は話も長くなる。
だから道中のことははぶこう。
ついにプラハに到着した。

夢に見たとおりだった。
王宮に続く橋があった。
だが夢とちがうところもあった。
簡単には橋の下に行くことができない。
橋は衛兵に守られている。昼となく夜となく。
純朴なエイシクはためらった。
橋の下を掘り起こす？
咎められる危険を冒して？
思いもよらないことだった。
それでもあきらめきれない。
なんども橋のたもとを訪れた。
とうとう衛兵隊長がエイシクに目を留めた。
――この橋でなにか落としたものでもあるのか。
エイシクは純朴な人間だった。
夢のことをありのままに語った。
話を聞いて隊長は笑い出した。
――なんと哀れなやつだ。

はるばる旅をする気になったとは。
靴の皮をすり減らしてまで。
そんな夢を見たというだけで。
分別をわきまえた者はそんなことをしない。
分別ある人間はそんなはかない夢を信じない。
次に隊長は、自分が見た夢について語り始めた。
それもまたお告げであった。
――ポーランドのクラクフに行き、エイシクの家を尋ねるがよい。
その家のなかで財宝を捜せ。
財宝は灰のなかに隠されている。
暖炉のうしろにたまった灰の山だ。
語り終わると隊長は言明した。
――わしは夢のお告げにしたがうつもりはない。
おまえがそのエイシクであろうとなかろうと。
分別のある人間はそんなことをしないからだ。
分別のある人間はそんな夢を信じないからだ。
神妙な面持ちでエイシクは聞いていた。

それから恭《うやうや》しくこう言った。
——たいそうよい話を聞かせていただきました。
はるばるプラハへやって来た甲斐がありました。
深々と頭を下げ、隊長に向かって厚く礼を言った。
それから一路帰途についた。
わき目もふらず歩いた。
道中は長い。
道中が長ければ話も長い。
だが先を急ぐことにしよう。
旅も終わりに近い。
話も終わりに近い。
エイシクはクラクフに帰り着いた。
家に戻るとすぐさま暖炉に向かった。
そのうしろに灰がうず高く積もっていた。
もはやそれから先は言うまでもなかろう。
灰のなかから目もくらむような財宝が現われた。

ざっとこういう物語である。『象徴と芸術の宗教学』(ダイアン・アポストロス・カッパドナ編)に出ている。同じルーマニア出身の画家、ブランクーシについてエリアーデが書いた一文がそれだ。そのなかでエリアーデは、インド学の泰斗であるハインリッヒ・ツィンマーの著書にも触れている。ツィンマーがなんのために引き合いに出されているかというと、マルティン・ブーバーの『敬虔者の物語』から引いた物語を語っているのがツィンマーだからである。この物語を紹介したあと、ツィンマーはこう述べている。

「したがって、本当の財宝、つまりわれわれの悲惨と試練を終わらせる財宝は、決して遠くにあるのではない。われわれはそれを遠方の地に探しに行ってはならない。なぜならそれは、自分の家の、言い換えれば自分自身の中の、もっとも秘密の奥まったところに埋もれているからである。それは暖炉のうしろにある。われわれの実存を司る生命を与え、熱を与える中心、炉床の中心のうしろにあり、われわれはただ、その掘り起こし方を知っていればよい。」

ここまでなら、だいたい予想のつく解説かもしれない。しかし、ツィンマーはさらに付け加えてこう述べるのである。

「ところがしかし、奇妙な不変の事実がある。われわれの探求を導く内なる声の意味がわれわれに明かされるのは、必ず遠方の地、見知らぬ土地、新しい国への敬虔な旅を終えてからなのである。そしてその奇妙な不変の事実に加え、もう一つの事実がある。すなわち、われわれの神秘的な内なる旅の意味を明らかにしてくれる人は、他の信仰を持ち、他の人種に属する、見知らぬ人に違いないということである。」

こうしてみると、ツインマーはまるで「旅」というものの本質を鮮やかに明かしてくれるかのようだ。たとい宗教的であろうとなかろうと、信仰があろうとなかろうと、「旅」というものはつねにかくのごときものではなかろうか。

出典
ミルチャ・エリアーデ『象徴と芸術の宗教学』(ダイアン・アポストロス・カッパドナ編、奥山倫明訳、作品社)。

同行二人――トルストイ「二人の老人」による

旅とはなにか、と考えるとき、たちどころに脳裡に思い浮かぶ物語がいくつかある。トルストイの「二人の老人」などもその一つではなかろうか。

ロシアのある村に、互いに親しい二人の老人が住んでいた。一人は裕福な老人であった。六十歳をとうに過ぎていながらしっかり者で、まだまだ若々しく見えた。名前をエフィームといった。もう一人はエリセイといって、温厚な性格であった。小柄で頭はとっくに禿げていた。裕福ではなかったが、かといって貧乏でもなかった。

二人は今生の思い出に、聖地イェルサレム巡礼を思い立った。

ある日、連れ立って出発した。


イェルサレムまで行くには小ロシア、つまりウクライナを通らなければならない。次に恐ろしい凶作地方を抜けなければならない。それからオデッサに出る。

そこから船に乗って黒海を渡り、コンスタンティノープルに着く。ダーダネルス海峡を通り抜け、途中スミルナとアレクサンドリアに寄港してからヤファで上陸する。

それからあとのイェルサレムまでの道のりは、ふたたび自分の足で歩かなくてはならない。

片道だけでもかれこれ半年近くを要する。往復にはまず一年あまりかかると見なくてはならない。

小ロシアを通り抜けるまではよかった。二人の足取りにちがいが生じてきたのは、凶作地方にはいってからだった。

エリセイ老人がのどが渇いてならないので、どこかで水を飲みたくなった。街道から引っ込んだところに農家が一軒見えた。あとで追いつくからとエフィームに声をかけておいて水をもらいに行った。

農家でエリセイが見たものは、恐ろしい光景だった。一家全員が飢えで死にかかっていた。

エリセイはまず食料を調達に行き、それから病人の看病に取りかかった。いっときの滞在のつもりがまる一日になり、一晩のつもりがふた晩になり、二、三日のつもりが一週間になった。要するに、かなり長いあいだその村にとどまらざるを得なかった。

そういう次第で、ようやく旅を続けようとしたときには、あらかた路銀を使い果たしていた。とてもイェルサレムまで行ってこられそうにない。もと来た道を引き返すほかはなかった。それでそうすることにした。

エリセイの巡礼の旅はとうとう果たされなかった。

いっぽう、エフィームは順調に旅を続けることが出来た。途中から一人の僧が道連れになった。僧は物をよく知っていて、おかげでイェルサレムに着くまで退屈しなかった。ただ、この僧に財布を盗まれるのではないかと内心では気を許すことが出来なかった。実際に盗まれたわけではない。だから、僧に猜疑をいだかずにいられない自分を情けないと思わないでもなかった。

聖地に着き、主の棺に参拝するとき、行列の一番前に、見覚えのある禿げ頭が見えた。後から来るはずの友にちがいない。どうして行列の一番前に出られたのだろう。ずっと離れた後ろの列から見ても、友の禿げ頭は光ってまぶしかった。

参拝のあとで声をかけようと思ったが姿を見失った。身動きも取れないほど人々でごった返していたからだが、群衆のなかでふところの財布を誰かに掏《す》られはしないかと心配でならなかったからでもあった。

何週間もかけて聖地を隈《くま》なく経めぐったのち、ヨルダン川の水を瓶に詰めてもらってから、エフィームは帰途に着いた。

例の凶作地方までやってくると、農家から子供が飛び出してきて泊まれと言ってきかなかった。この農家にその晩泊めてもらうことにしたが、思いがけない話を聞かされた。半年前、一家は飢え死にするところだった。助けてくれたのは、偶然立ち寄った一人の巡礼だった。だが、ある日ふいに姿を消してしまった。いまだにどこの誰とも分からない。

分かっているのは、その巡礼が頭の禿げた小柄の老人だったということだけです、とかれらは語った。

エリセイにちがいなかった。エフィームはその夜寝つかれなかった。イェルサレムで見たあの光り輝く禿げ頭がしきりに思い浮かんだ。


村に帰ったエフィームは、友が途中で引き返したことを知った。

数日後、エフィームはエリセイに会おうと思った。

訪ねてみると、友は蜂小屋でミツバチの世話をしているところだった。エフィームは入り口を通り、中庭を抜けて、養蜂場へ向かった。

そこに、灰色の長い上着を着たエリセイの後ろ姿があった。網もかぶらず、手袋もはめず、白樺の木々の下に立っていた。両手を広げ、上方を見上げていた。禿げ頭が照り輝いていた。白樺の木をとおして、火炎のような陽光が、エリセイの上に輝いていた。金色をしたミツバチの群れが、まるで冠のように、頭の周りに円を描いていた。それは、イェルサレムでエフィームが見たのと同じ姿であった。

二人の老人のうち、一人はイェルサレム詣でを果たしおおせた。もう一人は目的を達しなかった。それにもかかわらず、イェルサレムに着いた老人は、来なかった友をそこで見た。二人の老人が対照をかたちづくっているのは、昔話の常套的な図式に従ったものだ。あたかも正直じいさんと欲深じいさんの話のように。

つまり、話の力点は金持ちでない老人のほうにある。金持ちの老人はただ主人公との対照を際立たせるためにだけ登場する。と、長いあいだわたしは思い込んでいた。だから物語の要諦がなかなか理解できなかったのだろう。虚心に読めば、物語は別の様相を呈し始める。

この物語はあくまで二人の老人の物語として読まれるべきなのだ。数十年来付き合ってきて、ともに年を取った友人同士の物語として。したがってそれは、エリセイという友を見ているエフィームの物語でもある。

聖地から帰ってきてからだ、エフィームが悟るのは。——巡礼に出たからといって、聖なる地に着くことが旅の目的のすべてではない。なるほど所期の目的を自分は果たし終えた。だが、巡礼の旅の究極の目的を達したのだろうか。

聖地にいたることが出来ないとしても、なさなければならないことが人間にはある。なさねばならないことは、むしろ旅の途上にある。

テルエルから来た男

一七二一年の冬のある日、一人のスペイン人がピレネー山脈を越え、ガリアの民が住まう地方へやって来た。

その男はテルエルからやって来た。男はローマを目指す旅人だった。

雪の山道を通り、アルプス地方はグルノーブルの東にある小さな村、サン・マルタン・ド・ベルヴィルに差しかかった。

村が位置するのは、そのあたりの中心都市ムーティエで落ち合う支流の一つをさかのぼり、南へずうっと奥まではいったところだった。

アルプスの奥深い谷あいのこと、そこに住まう人々は冬をひっそりと暮らさねばならないのだった。それゆえ旅人の到来は、純朴な村人たちの関心をいつになく引かずにいなかった。人々が感動したのは、旅人の人柄のよさゆえということもあったであろう。また、何気ない仕草からも見て取れる信仰の篤さゆえでもあったであろう。さらにもしかしたら、旅人の語るイスパニアの珍しい物語もまた、人々を魅了したものの一つだったかもしれない。

とはいえ、サン・マルタン・ド・ベルヴィル村の人々の純朴さを最も強く揺り動かしたものは、いかにも疲れ切った異国の旅人に対する人間らしい同情であったと言わねばならない。同時に、なにかしら尋常ならざるものを秘めているかに見える風情もまた旅人から感じ取られた。それが村の人々の心に触れたのかもしれない。

ところで、これらガリア人の心根《こころね》は、外からやって来た人々の目には奇異な印象を与えることがあるらしい。

たとえばここに一つの証言がある。古代ローマのある将軍によって書き残された本に、こういうくだりが簡潔かつ明瞭に記されている。

――ガリアの人々は、旅人がいやがっても無理やり引き留め、かれらがそれまで耳にしたことや、知っていることを、旅人から洗いざらい聞きたがる。また町でも、民衆が旅の商人をつかまえて取り巻き、どの地方から商人が来たのか、どんなことを見聞したのか、すべてを話してくれとせがんでやまない、と。

そのローマ人は軍人だったので、ガリア人の盛んな好奇心は反乱の温床となりうる、とあらかじめ警戒した節もある。いずれにせよ、ガリア気質は危険であるとローマ人には見えたのだ。

この本が書かれたのは紀元前一世紀のことだが、それから千八百年の歳月が流れた。ガリアの人々の気質が、そのあいだになんら変化を遂げなかったとしても、テルエルからやって来た温和な旅人が、ローマからやって来た将軍のように、猜疑に駆られる必要はさしあたりなかったはずである。

それにもかかわらずどうして、旅人は村人のせっかくの好意ある申し出を受けなかったのであろう。

テルエルからやって来た旅人をせかせたのは、もとより村人への警戒や猜疑からではなかった。旅人の心をとらえていたのはあくまでローマだった。

かれが思いを込めたローマは、サン・ピエトロの聖なる都市であった。

それゆえ心せく旅人が、村人の好意ある申し出を辞退したとしても、あながち咎められるべき筋合いでもなかったであろう。

一夜明けた翌朝、一宿一飯の恩義を胸にたたんで旅人は出立した。谷のはずれの部落を過ぎ、モーリエンヌ川のそばに出ると、旅人はそのまま上り坂をずうっと進み、やがて峠道の向こう側に消えて行った。

その後ろ姿はいくたりかの村人たちによって目撃された。旅人はいちどもこちらを振り返らなかったので、川岸に立って見送っていた村人たちのなかには、いささか気落ちする者もいたようであった。

雪深いアルプスの谷間の朝、目的地へ向かって出発する者と、あとに残って見送る者とのあいだで取りかわされたその情景を、改めて一幅の絵としてわたしが脳裡に思い描いてみる。すると、目ざす聖地の面影に心せかされる旅人よりも、影のような谷間に残る村人のほうへと、おのずとわたしの同情が傾きかかる。

旅人を咎めようというのでは毛頭ないが、こういう言葉をつい呈したくなる。

——はるばるテルエルからやって来た旅人よ、どうしてあと二、三か月、この地に腰を落ち着けて、豊かに貯えられたあなたの知識から、さらにいくばくかの珍しい物語を人々に分け与えなかったのだろう。あなたの疲れきった身を案じ、季節がよくなるまで留まってはどうかと熱心にすすめたこれら純朴な村人たちの好意を、どうしてあなたは受け入れられなかったのだろう。わき目も振らず、ひたすら急がねばならない旅だったのだろうか。もしもそうなら、なぜもっと容易な南の道を選ばなかったのだろう。どうしてこのような季節に、しかも雪深く極寒のアルプス山中の道なき道へと、あなたはあえて分け入ったのか……。

季節がめぐり、アルプスの深い谷間にも春が訪れた。雪も徐々に溶けてゆき、野原には青々とした草が生えそろった。

うららかに晴れわたったある朝、小さな村サン・マルタン・ド・ベルヴィルの村人たちは、山の上にある広い牧場を目ざして出かけた。

日当たりのよい斜面に出たとき、人々はそこに思いがけず一つの光景を見いだした。

これまで見たこともないのでどういう種類か分からぬが、一群の不思議な植物が、牧場一面に密生して見事な花を咲かせていた。そして微風に乗って心地よい芳香が人々のほうへ流れてきた。

花々のなかに半ば埋もれて、一つの遺骸が横たわっていた。

まるで、旅の途中で咲き誇る花のしとねを見つけた旅人が、いままさにつかの間の午睡を取っているかのようであった。

持ち物や着衣から、それがあのテルエルから来た旅人であることが村人たちに判明した。

そのとき村人たちの一人が、旅人の残した言葉を思い出した。立ち去って行く間際に、旅人はこう打ち明けたというのだった。

――どうかご容赦ください。ローマへの道を行くわたしは、わたし一個に関わる誓いをひそかに立てているのです。その誓いゆえ、かの地へ行き着くまでは、険しい道以外の道をわたしは歩くことが出来ないのです。せっかくのご厚意ながら、みなさんのお申し出をいまはつつしんで辞し、わたしが自分で固く心に結んだ旅を続けねばなりません。親切にしていただいた村の衆に、いつまでも神のご加護のあらんことを。では、ごきげんよう。

峠の近くで行き倒れ、ついにローマへたどり着くことのなかったこの旅人の遺骸は、ふもとに運び降ろされ、村の中心に安置された。

この村が、サン・マルタン・ド・ベルヴィルであったかどうかはわたしにしかと分からない。というのも、このあたりの村々、たとえばプラランジュ村やレ・グランジェ村にしても、礼拝堂へおもむくと、テルエルからやって来た旅人をかたどった木彫りの像が、いまでも堂内に安置されているのを見かけるからである。

世界のどこかからやって来た旅人であろうと、その木彫りの像の前に立つ人は、あたかも自分一人に向かって像が語りかけるかのような思いにとらわれる。

たとえば旅人の耳に聞こえるのが次のような言葉だったとしよう。それは、旅人にとって無縁でもなければ偶然でもないがゆえに、空耳にすぎぬと一笑に付してしまうことは出来ない。

――わたしはローマを目ざしてテルエルからやって来たが、この地で命を終わった者だ。だが、わたしがどこからやって来たかは重要ではない。わたしがどこで落命したかも重要ではない。同様に、なんじが何処からやって来たか、なんじが何処にて生を終わるかも重要ではない。わたしが知りたいこと、知るべきことは、常に同じである。いったい何処へなんじはこれからおもむこうとするのか。なんのために其処へおもむこうとするのか。

註

出典はレーモン・ウルセル『中世の巡礼者たち——人と道と聖堂と』(みすず書房)である。「福者ポールの話」として知られるその物語について、ウルセルはこう語る。

「十八世紀になってまだ、オート・タランテーズの一寒村では、聖なる旅の途中の一歩行者を大事に遇したという話が伝わっているが、これこそは、巡礼の精神が育て上げたもっとも感動的な話のひとつではあるまいか。」

アルプス地方に広く崇拝される聖人は砂漠の隠者聖アントニウスであるが、この聖者と並んで信心の対象となってきたのが伝説の福者ポールであった。聖アントニウスの祝日は一月十七日である。ウルセルによれば、「それはまさに、サン・マルタン・ド・ベルヴィルの村がかの巡礼者を迎えて、一夜の宿を貸したその日に当たる」という。

なお、ローマの将軍とはカエサルのことである。ガリア人の好奇心について記したくだりは、『ガリア戦記』(岩波文庫)に見える。

Ⅱ　青春への旅

青春――サミュエル・ウルマンを讃えて

青春とは人生の一時期を言うのではない。
青春とは薔薇色の面差し、唇の紅さ、
しなやかな足さばき、のみではない。
青春とはなによりわたしの精神のあり方のことだ。
二十歳の青年よりも、ときには八十歳の老人にそれは宿る。
たくましい意志、豊かな想像力、燃えるような情熱、臆する心を退ける勇気。
日常性に飽き足りず、安逸なものにきっぱりと別れを告げる冒険心。
それが青春だ。

年を重ねただけで人は老いない。
人が老いるのは、理想を見失い、心の猛りを忘れるときだ。

そのとき気力は萎え、吹きすさぶ無常観に心も冷え込む。
皺の寄った冷笑と皮肉だけがはびこる。ひび割れた壁を這う干からびた蔦のように。
こうして肉体と同様、精神もまた潤いを失うのだ。

青春とはわたしの精神に湛えられた深い泉、
その泉のほとりに植えられた一本の樹木のことだ。
驚きに惹かれる心を持ち、
未知のものに対して幼子《おさなご》のような探求心をいだき、
生きることへの歓びを失わないかぎり、
樹木はどこまでも伸びてゆく。
わたしの心の天空に向かって。

二十歳だろうと、六十歳だろうと、八十歳だろうと、
わたしは背筋を伸ばしてこうべを高く掲げ、
きたるべき未知のものへの不安と新たな出会いとを、
喜んでともに迎え入れよう。
新しい来客は不安とともに、

新たな出会いをも予感させる。
異質なものへ通じる扉の前で心を閉ざすな。
胸を打ちひらき、門をあけ放て。
多様なものを受け入れるために。
そのときわたしの年になんの関わりがあろう。
そのとき扉の前に姿を現わすものこそ、
青春なのだ。

出典
詩集『青春とは心の若さである』(角川文庫)に収録。著者サミュエル・ウルマン(一八四〇—一九二四年)の名をたとえばアメリカ文学史あるいはアメリカ文学辞典に探そうとしても無駄であろう。ウルマンは職業「詩人」ではなかった。だがその詩「青春」は広く知られている。宇野収・作山宗久共著『「青春」という名の詩——幻の詩人サムエル・ウルマン』(産能大学出版部)に「死」というウルマンの詩が原語とともに掲出されている。その最後の二行を(拙訳で)引こう。

わたしは戦いのあとに垂れ込める静寂である。
わたしは人生と呼ばれる夢からの目覚めである。

この詩を踏まえ、著者の一人作山宗久は、「『青春』だけを読むと充足し、単純、無邪気とも言えるエロスの世界の老年に映るのだが、彼の心にも深いタナトスのひだがあった。(中略)ウルマンは太陽と死を見つめていた」と書いている。
太陽と死の両方を同時に見つめるのは人間にとって難事である。だが難事と知っていればこそ、むしろそれを実行しようとする意思がはたらく。それこそが「青春」の秘密なのだ。

大地と天空を案内する者——ガストン・レビュファを讃えて

いましも一人の男がすっくと立ち上がる。
やや右傾しながら突き立つ鋭い針峰の頂点。
男自身が針峰そのもののようだ。
山岳ドキュメンタリー映画『天と地の間に』
劈頭の一場面である。

二〇〇〇年夏、わたしはスイスへ旅をした。
チューリッヒから南下して、
グリムゼル峠、
フルカ峠、
聖ゴットハルト峠を経由したのち、

エンガディン地方まで足をのばした。
連なるアルプスの高峰を眼前にして、
脳裡にガストン・レビュファの映画がよみがえった。
『天と地の間に』である。
その著書『星と嵐』を持参したことも連想を容易にした。
スイスに向かう長い空の旅のつれづれに、
この小さな本がまたとない伴侶となった。

レビュファは卓越した登山家だったが、
文筆家としても傑出していた。
一行一行の美しさが、
高い尾根を行く登山家の優雅な足取りそのもののようだ。
ある個所は山野草の趣を持った文体とでも言おうか。
山を愛した人の、山から学んだ英知は、
平明闊達な言葉を用いても、ぞんぶんに語り得る。
レビュファはこんなふうに書く人だ。

いまの世の中にほんとうのものなどほとんど残されてはいない。
夜は駆逐されてしまった。
寒さも、風も、星もそうだ。
すべてが打ち壊されてしまった。
生命のリズムそのものがどこかに追いやられてしまった。
すべてのものがあまりにも早く過ぎ去り、騒々しい。
いそいでいる人は路傍の草を振り返りもしない。
その色も、香りも、風が愛撫するときに放つ輝きも一顧だにしない。

そのとおりだ。毎日毎日、
なんとわれわれはいそいでいることだろう。
なんと急いていることだろう。
山に登るとは、いそぐこと、急くことの反対を意味する。
映画にこういうくだりが描かれる。
古くからの友人にたのまれ、案内役を引き受ける。
うちの甘ったれ坊主に一つおしえてやってくれまいか。
山の素晴らしさを。

若者は内気な性格であまり口をひらかない。
標高と難度が増すにつれ、案内者は見抜く。
若者は芯の強いところがある。
打てば響くような敏活さを秘めている。

夕日に輝く壮麗な岩壁を眺め、
山小屋に泊まる。
翌日、
かれらの行く手に現われるのは、
前日とは打って変わった荒涼たる風景だ。
厳しい面持ちをした巨大な氷河。
まっしろい雪原。
そのあいだに隠れた深いクレバス。
頭上には、吸い込まれそうな蒼穹。
静寂が二人を押し包む。
鋭く尖った稜線を黙々と登ってゆく。
天と地のあいだに二つの点が懸かる。

画面の外からレビュファの言葉が聞こえる。

頂上に立つ若者の気持はどのようであろうか。
ガイドの胸のうちには不安と期待が高まる。
しかし、本人に任せるしかない。
いまは沈黙を守ることだ。
かれを導いてやるだけでいいのだ。
わたしとかれの父親とが歩いた道に。

あとは本人に任せる。
案内を仕事とする者の、これが心がまえである。
『星と嵐』ではこう語られる。
どこの曲がり角で眺めが急に素晴らしくなるか。
どこの氷の山稜がまるでレース飾りのように美しいか。
案内者はそれをおしえたくてうずうずする。
だがあえて沈黙を守る。なぜか。
たんなる気まぐれだろうか。

素晴らしさは案内者だけの特権だろうか。
若者にはもったいなさすぎるのか。
報酬に不満があるのか。
すべてちがう。
案内者は知っているのだ。

かれの報いは、
相手がそれを発見したときの笑顔のなかにある。

そうなのだ。案内者のよろこびは、
まざまざと見ることにある。
若者が自ら発見し、
発見の感動がその表情に浮かぶ瞬間を。

天と地を案内する者は知っている。
はやる心を抑えるすべを。
けっして急いてはならないことを。

いそがずに待つすべを。

註
ガストン・レビュファ(Gaston Rébuffat)一九二一―一九八五年。マルセイユ生まれのフランスのアルピニスト。二十代からアルプスで数多くの初登攀の記録を樹立。また登山ばかりでなく、著述、映画製作でも知られる。山岳ドキュメンタリー映画『天と地の間に』(一九六一年)。レビュファ自身が製作・主演した。ガストン・レビュファ『星と嵐』(新潮文庫、ヤマケイ文庫)参照。

その日をつかめ

わたしはいくつもの過ちをおかした。
取り返しのつかない過ちもあった。
おまえは悔いているのか。
もちろんだ。
だが、悔いる自由というものもある。

その自由を失ってしまうなら、
悔いることはむなしい。
ほかの自由に恵まれたからといって、
なにほどのことがあろうか。
むなしい悔いがむなしいのは、
生きながら墓場にはいることだからだ。
悔いる自由を手放さないことこそ、
生きている明日なのだ。
明日、おまえがおまえであり続けるための。
悔いのない人生とは、
人生を悔いる自由を、
最後までわが手に握り続けることにほかならない。
船の操舵輪のように。

自らを旅人と心得よ。
重い荷物は無用の長物。
思い煩う自分も途上の長物。

あとに残して先をゆけ。
旅がおまえを強壮にする。
帰路、それはそっくりもとのところにあるだろう。
ふたたび取り上げよ。
担ぎ上げてまた持ち運べ。
苦痛は耐えられる。
そうとも。
旅がおまえに力を与えたのだ。
だから心配することはない。
Seize the day.
その日をつかめ。
まだしばらくは歩けるはずだ。
Seize the day.
その日をつかめ。
まだしばらくは進めるはずだ。

旅する少年――テオドル・キッテルセンに寄せて

十五年前、ひと夏かけてノルウェーを旅した。
そのおり、キッテルセンという挿絵画家を知った。
その絵の原画をオスロで見た。
ああ、ここに描かれているのは自分が旅しているところだと思った。
以来、心に残る一枚となった。
旅する少年の後ろ姿が描かれていた。
少年は眺めていた。
光り輝く黄金の都市が
はるか彼方の山上に望まれる。
憧れの国を求めて何処までも、そしていつまでも旅し続ける少年。
旅人よ、少年の心を失うな。

羈旅《きりょ》半ばではやばやと老いさらばえてしまわぬために。
少年よ、旅人の心を失うな。
探求こそ人生そのもの。
死もまた探求途上にある中継地なのだ。

深淵——なにかが物語の底に

心を引かれて止まない物語がある。
なにかが物語の底にわだかまっている。
掘り下げて深く考えることはめったにないが、
自分の根本問題につながっているような気がする。
それを浮かび上がらせなくてはならない。
両手でしっかりと押さえ込まなくてはならない。
正体を見きわめなくてはならない。

その正体が曖昧模糊として、
不明瞭の状態がわが生涯の最後まで続くとしても、
それを見きわめようとする。
その努力を止めるか、止めないか。
そこにわが人生も懸かっている。
ラーゲルクヴィストが描くバラバの生涯。
ジョージ・エリオットが描くサイラス・マーナーの一生。
スティーヴンスンが描く水車小屋のウィルの人生。
ウェルズの「壁のなかの扉」を挙げてもよかろう。
そしてデュ・モーリアの「モンテ・ヴェリタ」を挙げてもよかろう。
これらは異なる物語だがその根は一つなのだ。

大長編の例を挙げよと言われるだろうか。
それならなにを迷うことがあろう。
わたしはまっさきに『白鯨』を挙げる。
その前身ははるか紀元前の叙事詩『オデュッセイア』に行きつく。
中世にあっては『神曲』に、

くだって近代においては『ファウスト』に。
さらにくだって現代では、『死霊』と『神聖喜劇』に。
すべては同じだ。
程度において強弱あるにせよ、
規模において大小あるにせよ。
同じなのだ、人間という存在の根本主題をあつかっている点では。
『オデュッセイア』はエーゲ海彷徨の物語だが、
存在の根源への探求をうたっている。
現代小説では『神聖喜劇』がそうである。
主人公が追求し、見きわめようとしているのは、
人間存在の深淵である。そして
その奥にわだかまる黒翳《こくえい》の正体である。

深淵としての人間が文学の根本主題となるべきだ。
ワイルドの「謎のないスフィンクス」を取り上げて大西巨人はかつてこう言った。
――物語に描かれる女性の不可解な行動は、
人間の深淵あるいは深淵としての人間を暗示する、と。

それならば、ホーソーン描くところのウェイクフィールドの行動はどうだ。
深淵としての人間のそれと言わねばならない。
ボルヘスはこの物語がカフカの先駆であると言った。
カフカの文学がいまにいたるも魅力を失わないのはなぜか。
ウェイクフィールドの後ろ姿を受け継ぐかのように、
深淵としての人間を、
人間のなかの深淵を追求したからである。
『審判』を見よ。
掟の門をめぐる果てしない議論を聞け。
そして『城』を見上げよ。
測量技師はなぜ城を立ち去らない。
城に対する執着は合理的に説明されない。
主人公のなかに不可解な情熱が宿っているのだ。
それは何処からやって来るのか。
淵源を探らなくてはならない。
なぜならその不可解な情熱こそ、
測量技師が探求すべき、測量すべき深淵なのだ。

註

(1)ペール・ラーゲルクヴィストはスウェーデンの作家。代表作が『バラバ』。
(2)ジョージ・エリオットはイギリスの作家。代表作は長編小説『ミドルマーチ』。
(3)ロバート・ルイス・スティーヴンスンはスコットランドの作家。代表作は『宝島』。
(4)H・G・ウェルズはイギリスの作家。代表作は『透明人間』『宇宙戦争』など。
(5)ダフネ・デュ・モーリアはイギリスの作家。代表作は長編小説『レベッカ』。
(6)『白鯨』はアメリカの作家ハーマン・メルヴィルの小説。
(7)『オデュッセイア』は紀元前八世紀のギリシアの詩人ホメーロスの作と伝えられる。
(8)『神曲』はルネッサンス初期のイタリアの詩人ダンテの作。
(9)『ファウスト』はドイツの詩人ゲーテの作。
(10)『神聖喜劇』は大西巨人の大長編小説。
(11)オスカー・ワイルドはアイルランド生まれのイギリスの作家。代表作は『ドリアン・グレイの肖像』。
(12)ナサニエル・ホーソーンはアメリカの作家。代表作は『緋文字』。
(13)ホルヘ・ルイス・ボルヘスはアルゼンチンの短編小説作家。
(14)フランツ・カフカはチェコの作家。中編小説『変身』は有名。

キノコの笠の上で——ブルガリアの森の奥で

ブルガリアの森の話をしよう。

ある日、深い森に行った。キノコを探して歩いて行った。
探すのはいつものキノコである。
勝手知ったるわが森の道、キノコの場所は知っている。
だが、見つけられない。どういうわけか。
ずうっと奥で、とうとう小さな老人に出会った。
見慣れたキノコの上で思案にふけっていた。
わたしが挨拶をすると、老人は黙ってうなずいたが、それきりだ。
老人は思案を続け、もうわたしには目もくれない。
なにを考えておいでですか、おじいさん。
老人は応えず、代わりに黙ってうなずいた。
わたしには目もくれない。
なにを考えておいでですか、おじいさん。
老人は応えず、またもやうなずいただけだった。
なにを考えておいでですか、おじいさん。
すると三度目にやっと顔を上げ、こう応えた。
おまえが考えないことを考えているのだ。
そこでわたしは言った。

おじいさん、わたしが考えないことをあなたが考えるとは、
ずいぶん大きなお世話になります。でも、いったいいつから考えているのですか。
ずうっと、ずうっと前からだ、と老人は応えた。
ずうっと、ずうっと前からですか、とわたしは繰り返して言った。
いったいなにをそんなに考えているのです、人が頼んでもいないのに。
すると、老人は応えた。
そうだ、おまえは頼まなかった。
おまえはただ、森にやって来てキノコを取ってゆくだけだ。なにも考えない。
わしが乗っているのが最後のキノコだ。キノコはもうない。
それでも取ってゆくか、
考えるのはおまえの番だ。
それをおまえに告げるためにわしはここにいる。
わたしは思案した。キノコはいつだって森に生える。老人がいてもいなくても。
だからこう応えた。
おじいさん、考える必要なんてありませんよ。
森があれば、いつだってキノコはあります。きょうはちょっと奥まで探したけれど。
ではどいてください。それを取ってもう帰らないと、じきに日が暮れてしまう。

すると、キノコの笠の上の老人は姿を消した。
まるで初めから老人などいなかったかのようだった。
だが、わたしは肩をすくめたばかり。
キノコを取って意気揚々、家路に着いた。
森の道は曲がりくねって先が見えない。
それにきょうはだいぶ森の奥まではいったらしい。
なかなか抜けられないのもそのためだ。迷ったわけではない。
その証拠に、帰り道は前方にちゃんと見えている。
勝手知ったるわが森の道だ。
少し急ごう。
だが、この話を始めてからどれだけ時間がたったろう。
いいかげん、森から出られそうなものだが。
たぶん次の曲がりが最後だろう。なにごとにも最後というものがあるのだから。

註
二〇一八年五月、ブルガリア南部ロドピ山中の山小屋で出会った若い芸人夫婦が語ってくれた。

ぼくはなにをしたいだろう

したいことよりも、
するべきことをしながら、
生きている人がいる。
でも、それはぼくの人生じゃない。
ぼくが知りたいのは、
ぼくがほんとうはなにがしたいのか、
なにがしたくないのかを、見分けるすべだ。
でも、その作業はぼくの経験にゆだねられる。
ぼくはあらゆることをしなければならない。
職業のあれこれから、身に着ける服にいたるまで、
歓びや安らぎが得られるかどうかは、

ぼくの判断にかかっている。
人の目を意識して、立派な行為をしたからといって、
それがぼくにとって、価値ある行為とはかぎらない。
ぼくの自己を発見し、ぼくの自己であり続けること。
それはたやすいようだが、たやすくはない。
でもぼくはやってみたいのだ。
なにか変わったことをしてみたいのだ。
なにか新しいことを試したいのだ。
それがぼくにゆだねられた経験なのだから。
ぼくは自分に問い直す。
もしも人の目を意識しないなら、
ぼくはなにをしたいだろう。
もしもしたいことができるなら、
ぼくはなにをしたいだろう。
それさえ分かればいいのだ。
そうすれば暗示が見つかると思う。
ぼくの自己を知るための。

出典
キューブラー・ロス、ケスラー共著『ライフ・レッスン』（角川文庫）。

アラジンと魔法のランプ

一

仕立て屋のせがれ、ぐうたら息子のアラジンが、
どうして大金持ちになることが出来たのか。
どうしてお姫様と結婚することが出来たのか。
子供はこう答えるだろう。
それは魔法のランプのおかげだと。
魔法のランプをこすったからだと。
ほんのひとこすりで十分だったと。

子供は魔法の世界に生きている。
子供は詩の世界に生きている。
子供は願い事を唱える。
一編の詩の最初の言葉を暗唱するように。
そうして望むものを手に入れる。
それが子供の世界にふさわしい仕事なのだ。
それが子供にふさわしい生き方なのだ。
しかし、魔法は解かれなくてはならない。
それは経験ではないのだから。
経験を持たない大人は大きな子供にすぎない。
経験を知らない詩人は大きな子供にすぎない。
子供が可愛らしい言葉を言ってなにかをもらうように、
大きな子供も気の利いた言葉を口にして、
まんまと手に入れる。
特急列車の特別乗車券を。
これが大人にふさわしい仕事と言えようか。
これが大人にふさわしい生き方と言えようか。

かれらは盗むだけだ。
他人の経験を。
かれらはまどろむだけだ。
他人の経験のなかで。

二

仕立て屋のせがれ、ぐうたら息子のアラジンが、
どうして大金持ちになることが出来たのか。
どうしてお姫様と結婚することが出来たのか。
千夜一夜物語の語り手
シェヘラザーデは告げるだろう。
「母親がひと握りの砂を取って、
汚いランプを磨き始めた」と。
すると子供は考える。
ほんのひとこすりで十分だと。
でもほんとはそうじゃない。

ちゃんとよく磨かなくてはならないのだ。
母親がいつもそうするように。
磨かれたランプはやがて映し出す。
日々の仕事のありのままを。
そのときアラジンは変わるのだ。
まるでヒキガエルが立ち上がり、
一人の若者に姿を変えるように。
まるで詩の最初の一行が、
経験の混沌のなかから現われるように。
そのときアラジンは悟るのだ。
まじないを解く言葉がなんであるかを。
それは経験が混沌から生み出す詩であって、
わけの分からない呪文ではない。

出典と解題

アラン作「アラディンのランプ」(『四季をめぐる五十一のプロポ』所収、岩波文庫)とリルケ著『マルテの手記』(岩波文庫ほか)。プロポとはプロポジションつまり提案、提言の略。「アランを読む人」のなかで訳者の杉本秀太郎がこう述べている。提案にせよ、提言にせよ、「簡潔に、短く的確に持ち出さなくては、だれも聞こうとはしないだろう。冗漫な説明、持って回った勿体ぶり、不明な形容、みな『プロポ』に反する。堂々と臆することなく、ただし威を張った態度に傾くところは少しもなしに、読む人と同じ平土間に立ち上がって『プロポジション』をおこなうこと」(アラン著『芸術論集・文学のプロポ』中公クラシックス)参照。

Ⅲ　希望への旅

談話の人

一人の少年が首をひねって考えた。
ジャガイモを袋に詰めればいっぱいになる。
バケツに水を入れれば溢れる。
煙だって部屋に立ち込めれば窓を開ける。
それなのに、面白い話は聞いても聞いてもまだはいる。
いっぱいになるなんてことはない。
いったいどうしてだろう。
子供のころから
人の話を聞くのが好きだったベレンソンは、
おとなになってからも、談話をとても好んだ。
談話の相手は別に友人でなくてもかまわない。

ほんのちょっとの知り合いでもいい。
それどころか赤の他人でもいいのだ。
条件は一つだけ。
相手がこちらの話に好奇心を持ち、熱心に聞き、
ときどき相槌を打ってくれるかどうかだ。
張り合いのある談話の相手とは、
俗世間のことも、精神的なことも、
問題をよく知っている人。
でももっと張り合いのある相手とは、
その人自身がさらに世界を知りたいと思い、
世界をよく理解したいと望み、
世界の見聞を広めたいと願い、
ひたむきにものを考えたいと望む人だ。

もしもあのゲーテが、
大成してから『ファウスト』を書き始めたのだったら、
「初めに行動ありき」というファウストの言葉を、

やはり「初めに言葉ありき」としたことだろう、
ヨハネ福音書に書かれているとおりに、
とベレンソンは言う。
初めに言葉ありきとは、初めに談話ありきということだ。
創造的な行動に先行するのは、つねに創造的な談話である。
夜となく昼となく続けられた談話のあとに、
創造的な行動が生まれてくる。
行動的な人物とは、よく耕された談話の土壌から現われる。
だから談話は、ただの無駄話や、おしゃべりや、
家系にまつわる自慢話や、うしろめたい情事の話とはちがう。
弁論や講義や説教ともちがう。
かといって、名人による当意即妙の話ともちがうのだ。
談話とは、聴き手を励まし、聴き手から励まされるもの。
互いの心を打ちひらき、
たがいに電光のようなひらめきを与えるもの。
そうだ、談話とは、
きたるべき行動への火花を発火させる火打石なのだ。

これが、ベレンソンの理想とする談話のあり方だった。

出典
バーナード・ベレンソン著『自叙伝』(玉川大学出版部)より。著者は一八六五年、リトアニア生まれ、一九五九年没。ハーヴァード大学でチャールズ・ノートンに師事、のちに美術史家として名を馳せる。十三世紀から十七世紀のイタリア美術に造詣が深い。ゲーテ作『ファウスト』は各種文庫で読むことができる。

希望の灯り

そいつはなにものだろうか。
そいつは何処にいるのだろうか。
そいつは人の希望を喰らって生きる魔物だろうか。
それともどこか虚空から現われて、
希望のランプに幻想の灯油を供給する生き物だろうか。
わたしは後者を信じるものだ。

幻の灯油がわたしの前途に灯りを投げる。
それが果たして希望の灯りと言えるだろうか。
はかない虚妄にすぎないのではなかろうか。
どちらでもいい。気にすることはない。
そいつが照らすわたしの前途が、
幻でなければいいのだ。

残された者の追憶のなかに——ミラノにて

二〇〇七年十二月の夕まぐれ、
ミラノのスフォルツァ城にわたしはいた。
見学者の姿もまばらになった閉館まぎわの出口付近で、
わたしはそれを見ていた。
薄暗い半球型ドームの中央。

くずおれる息子を背後から支える母親の姿。
ミケランジェロ最後の彫刻。
ロンダニーニのピエタとして知られる。
死の数日前までノミはふるわれた。

……粗い岩脈から作られた生命ある像は
観る人よりも永く生きる
人はやがて灰と化してしまう

と作者はソネットにうたっている。
いまにいたるもなまなましいノミの痕である。
かくも間近にそれを見て、
わたしの想念は奪われた。
未完の完成、
完成された未完、
可視化された永遠……。
一冊の本が思い出された。

『イタリア抵抗運動の遺書』である。
同書に収められた手紙はすべて、
第二次大戦下に刑死を強いられた人たちによって書かれた。
解放闘争のなかで、
生の半ばにして、
かれらは処刑された。
手紙のいくつかが脳裡に浮かび上がる。
なかでも次の一通が。
ミラノの自由義勇軍団文書館にそれは保管されている。

いとしいアンナ。
おまえのやさしいパパが死んだからといって、
わたしのために泣いてはいけない。
おまえがどこへ行っても、
天からおまえを見守って、
わたしはどこへでもついて行ってあげよう。
アンナ、ひとつだけ約束しておくれ。

ファシストたちに復讐を叫んだ無実な者の血の恨みを、
いつか必ずはらしてやれる、と。
おまえの心のなかには悲しみだけでなく、
〈愛国者〉の誇りも宿っていなければならない。
どうかわたしの思い出におまえもリボンをつけておくれ、
真の〈愛国者〉である証として。
いつもわたしが胸につけていたあの三色のリボンを。
いま、わたしは〈死刑執行人たち〉の手に落ちてしまった。
アンナ、おまえにはもう見分けがつかないだろう。
たといわたしを見ても。
それほどまでにわたしは変わり果て、
痩せ細ってしまった。
髪は灰色になり、
おまえのお祖父さんみたいになってしまった。
それでもまだ足りないのだ。
最悪の事態は、
明日の暮れ方にやってくるだろう。

アントーニオ・フォッサーティなる人物のこの手紙が、
一つの手がかりを与えてくれる。
ファシズムにあらがい、たたかった人たちを知るための。
それは愛娘に宛てて書かれた最後の手紙だが、
死んでゆく人たちの、
いまわのきわの魂を凝縮したものだ。

『イタリア抵抗運動の遺書』に収められた手紙を遺した人たちは、
まっとうな裁判手続きもないまま死刑を宣告された。
あわただしくかれらはペンを走らせなければならなかった。
死を待つわずかな時間に。
家族や仲間に宛てて。
自分たちの最期の言葉を遺そうとした。
言い尽くせぬ思いを短い言葉に込めた。
かれらはついに圧倒されてしまわなかった。
まもなく自分が死なねばならぬという過酷な現実を前にしてすら。
どうしてかれらにそれが可能だったのか。

なにがかれらを最後まで支えたのか。
それを知りたい。
一個人として死に直面しながら、
かれらの精神を持ちこたえさせたものがあった。
かれらを極度に集中させて止まぬものがあった。
それがなんだったかを知りたい。
アントーニオ・フォッサーティとはパルチザン名だった。
本名は知られない。
経歴も知られない。
にもかかわらず、文面からはっきりと伝わる。
まぎれもない個人としての肉声が。
一人の人間の胸の内から絞り出された言葉が。
拷問に次ぐ拷問、
その苦痛と苦悩の日々を簡潔に、具体的に、
記録し続けた稀有のドキュメントである。
たとえばこんな具合に。

いまから少しわたしの生活を話してあげよう。
三十一日、一回目の拷問を受けた。
眉毛と睫毛を引き抜かれた。
翌一日、二回目の拷問。
爪を引き剥がされた。
二日、三回目の拷問。
火をつけた蝋燭を何本も足に立てられた。
四日、首にコードを巻かれ、十分間電流を流された。

拷問はいつか終わる。
どういう最期を自分が遂げることになるのか。
前もってそれが分かれば、娘に書き残してやれるだろう。
だからかれは知りたかった。
いよいよ死を言い渡される。
毅然としてアントーニオは耐えようとする。
監房に戻って一人になるやいなや、
ひざまずいてしまう。

泣き出してしまう。
たまらず手に娘の写真を握りしめる。
それからアントーニオは遠い娘に向かって懇望する。

いとしいアンナ、
ひとつだけ約束しておくれ、
ファシストたちに復讐を叫んだ無実な者の血の恨みを、
いつか必ずはらしてやれる、と。

自分がなんのためにたたかうのか。
なぜたたかい続けなくてはならないのか。
死に直面し、幼い娘への手紙のなかで恐怖と苦悩をさらけ出したが、
その理由の自覚には揺るぎがなかった。
なぜか。
それはかれの自覚が結びついていたからだ。
かれの行動もまた結びついていたからだ。
ファシズムとはどういうものかという認識に。

密告、告発、拷問、宣告のみの裁判、そして処刑。
非人間性の制度が合法化される社会。
よく見るがいい、アンナ。
これがファシズムなのだ。
よく見るがいい、人々よ。
これがファシズムなのだ。

わたしは考えていた。
ミラノで、
スフォルツァ城の薄暗がりのなかで、
ロンダニーニのピエタ像を見つめながら。
マリアの息子は殉教者だったろうか。
そうではない。
息子は処刑されたのだ。
政治犯として。
生の半ばに。
その生き方は、

未完の完成となった。

アントーニオ・フォッサーティの手紙に次いで、
わたしに想起されたもう一つの手紙があった。
妻に宛てて書き残された
サーバト・マルテッツリ・カスタルディの手紙だ。

わたしの監房は幅一メートル三十。
奥行き二メートル六十。
そこに二人でいる。
明りはない。
前の廊下のちっぽけな電灯のほかには。
それは一日中ともっている。
からだは目に見えておとろえだした。
この一週間の栄養不足がすっかりこたえた。
〈犯罪者〉呼ばわりされ、
銃殺の脅しをかけられ、

殴られた。
ここでは毎度のことだ。
好きなだけ殴るがいい。

サーバトは四十七歳の空軍准将だった。
ファシズムとたたかい、
ナチズムとたたかい、
ドイツ兵によって殺された。
一九四四年三月二十四日、
ローマ郊外の洞窟で。
三百三十四名の政治犯とともに。
次のような言葉が監房の壁に遺された。

きみの肉体はやがてなくなるとしても、
きみの精神は生き続けるだろう。
なおも残された者の
追憶のなかに。

だからこそ
　つねに手本たりうる
　行動をとれ。

かれらの手紙は「委託」だったのだ。
未来に生きる者たちへの。
人はやがて灰と化す。
粗い岩脈から作られた像は残る。
未完のままで。
だがそれは永く生きるのだ。
それを作った人よりも。
それを観る人たちよりも。

出典
　ピエーロ・マルヴェッツィ、ジョヴァンニ・ピレッリ共編『イタリア抵抗運動の遺書』(冨山房百科文庫)。

希望──『極限のなかの人間』より

空気のよどみを意識せぬまま、けたたましい笑い声を立てる人たちがいる。

口をゆがめ、目に憎悪を浮かべ、すさんだ神経を、こともなげに暴力へ直結させる人たちがいる。

異様に明るく、異様に暗い。

閉塞感が人々を窒息させかけている。

さては、これが「戦前」の風景というものであろうか。

尾川正二著『極限のなかの人間』を、わたしは書架から取り出す。

極限の戦場と言われた東部ニューギニア戦線。

物量を誇る米軍の間断ない攻撃に耐えきれず、密林を敗走する日本軍は飢餓地獄に落ちた。

餓鬼道が現出した。

しかし、著者は生き延び、生きて帰った。

人間を人間として支えたものがあったと著者は言う。

どんなことがあっても逃げない、どんな場合にも真っ向から立ち向かう、という単純さがそれだった、と。

どん底をみせつけられてきた私の眼は、絶えず『人間』に注がれてきた。人間の外被ではなく、その人が人間として何であるか、ということである。それは、戦場から持続している人間へのあこがれであろう。人間が、人間である、ということの自明のことが、いかに大変なことであるかという反省でもある。

逃げない、という単純さに支えられた人間の自明さ。
それこそわたしが、いまこの手に握り直すべきハンマーである。
閉塞しかかったこの空間に、
呼吸できるほどの穴をうがつために。

出典と解題
尾川正二著『極限のなかの人間』。初版の創文社版および筑摩叢書版はすでに久しく絶版だが、現在『「死の島」ニューギニア』と改題のうえ光人社NF文庫に収録されている。初版及び筑摩叢書版には口絵としてフレデリック・ウォッツ作『希望』が掲げられている。地球を思わせる球体の上に一人の女性が腰を下ろしている。目隠しをされ、竪琴をかかえている。よく見ると弦はあらかた切断され、あと一本しか残っていない。この絵を掲出したことについて、著者はあとがきで次のように言及している。「『望みえないのに、なお望みつつ』無弦の弦を掻き鳴らし続けたニューギニア将兵の姿を、まさしく象徴する。」

並木道——ロダン美術館の庭で

神秘のなかにわたしは住んでいたのだった。
ようやくそれが分かった。
しかも今まさにわたしは去ろうとしている。
永久に別れなくてはならない。
見よ、この並木道。
ここに長らく住まいを定めていたものがあったのだ。
ようやくそれが分かった。
それは美そのものであった。
しかも今まさにわたしは去ろうとしている。
とはいえ、これが生きているあらゆるものの定めなのだ。

いまは青空が濃くなった。
一つの影もない。
ふたたび美が並木道に住まいを定めようとしている。
ときおり過ぎてゆく雲が、
この若さの輝きを暗くする。
とはいえ、緑は影のなかでさえ光りきらめくのだ。

木々のあいだに高く、
わたしは青い空を見る。
それは頭上を流れる青い河。
その河の上にいましも懸かろうとする、
大きな黒い雲。のしかかる水の山岳。
それは地上の花々の渇きをいやすためなのだ。

出典と解題

『ロダンの言葉抄』(岩波文庫)から。パリ郊外にあるロダン美術館を訪れたのは二〇〇二年十二月だった。この日、朝から続いた曇天が引きあけられ、真っ青な空が現われた。前日まで続いた重苦しい灰色の冬空が嘘のように思われた。いましがたロダンの制作になる手のトルソーを屋内でいくつもまのあたりにして、わたしはすっかり魅了されていた。美術館の敷地内にある庭園の小道を散策しながら、しきりに思い出していたのが高村光太郎訳編『ロダンの言葉抄』であった。

庭園の冬枯れの木立ちのあいだを、吸い込まれるような深緑の蔦が縫い合わせていた。枝が作る影のなかで緑の葉は光り輝いた。そのときのわたしにひときわ実感を持ったロダンの言葉があった。

「小路の続きはまるで魔法の路だ。……瞑想の精神自体がこの庭に、この並木道に住む。……騒がしさから遠のいて、わたしはわれわれの時代の不断の焦燥を忘れ得る。いかにわれわれはうるささに身を委ねいることぞ！　何物をも真に所有することなしにあらゆるものに手を伸ばして、われわれは自分たちがどんな宝を失ってしまったかすらも気付かずにいる。」

「芸術家の一日――庭園の朝」の見出しのもとに記されたその文言が、さながら言葉による掌のトルソーにほかならないとわたしには思われた。

至福の島々

一

われらは群島、至福の島々。
島の一つ一つに果樹の森がある。
ある島にはオリーヴが、
ある島にはレモンが、

ある島には李《すもも》が、
またある島には橙《だいだい》が、
枝もたわわに実をつけている。

二

われらは群島、至福の島々。
島の一つ一つに花園がある。
ある島には雛罌粟《ひなげし》が、
ある島には鈴蘭《すずらん》が、
ある島には薔薇《ばら》が、
またある島には竜胆《りんどう》が、
すべての季節に咲き誇っている。

三

われらは群島、至福の島々。

島の一つ一つに家畜が飼われている。
ある島には子牛が、
ある島には子羊が、
ある島には子馬が、
またある島には子豚が、
可憐な声で鳴き交わしている。

四

われらは群島、至福の島々。
島の一つ一つに家がある。
ある島には白壁の、
ある島には庭付きの、
ある島には二階家の、
またある島には丸屋根の、そして
どの家々にも懐かしい灯りが見える。

五

われらは群島、至福の島々。
島の一つ一つにゆかしい習慣がある。
ある島では風を祭り、
ある島では火を祭り、
ある島では水を祭り、
またある島では土を祭るが、
けっして祭られぬものがある。
それは人である。

六

われらは群島、至福の島々。
島の一つ一つに人が住む。
ある島には白い人が、

ある島には黒い人が、
ある島には黄色い人が、
またある島には赤い人が、
何世代も混血したから、
色のちがいは目立たなくなった。

七

われらは群島、至福の島々。
島の一つ一つに語り部がいる。
かれらは物語の生きた庫《くら》。
人々は小舟に乗ってやってくる。
物語を聴くために。
島から島へわたってゆく。
物語を伝えるために。
それゆえいまだわれらは知らない。
生きることの退屈とはなにかを。

喪失の旅と経験の旅

旅の途上で喪失を経験する。
それは転倒、もしくは墜落の経験に似ている。
それが人であれ、ものであれ、なんであれ、
喪失の経験にはどこか原型的なものがある。
それは恩寵からの失墜である。
とはいえ、
あなたが成長するのは、
どんな状況であれ、最悪の事態に直面したときだ。
あなたが最良のものを見いだすのは、状況が最悪のときだ。
喪失を経験する。
旅人であるわれわれは、

自分に与えられた喪失の経験から学ぶために、
この地上に生まれてきた。
とはいえ、
あなたの試練はこれだ、
と教えることの出来る人は、一人もいない。
試練を自分で見つけることが、
あなたの人生という旅の一部なのだ。
喪失によって、あなたは火のなかをくぐらされる。
喪失によって、あなたは変わり、
火のなかからもういちど現われる。
灼熱した鉱石のあいだから輝く新しい小石のように。
それがあなたの旅の糧なのだ。

あなたが不幸なのはどうしてだろう。
喪失の経験が、
あなたの人生を複雑にしてしまったからだろうか。
そうじゃない。

複雑さの背後にある単純さが、
いまのあなたに見えにくくなっているためなのだ。
掘り出さなくてはならない。
崩れ落ちた崖の下に閉じ込められた旅人さながら、
自分を掘り出さなくてはならない。
いますぐ、土や石を取り除くのだ。
それがあなたを葬る墓になってしまわないうちに。

あなたのすべての感覚を使って、
本物を見分ける勘を養え。
真の自己を保持している旅人を見抜け。
本物でない旅人が、
いつもそれらしい顔をしているとはかぎらないのだから。
本物らしい旅人を演じているだけかもしれないのだから。
とはいえ、
役割の内側に保持された旅人の真の自己を見いだすには、
多少の苦痛に耐えなければならない。

男性不信に陥っている若い女性がいた。
彼女が信頼する男性は自分の兄だけだった。
兄はかつて旅に出て、
素晴らしい女性と出会い、愛し合い、結婚して、
仕合せな生活を送った。
あるとき、兄は原因不明の病気にかかった。
完治の見込みはなかった。
いよいよ死期が迫ったとき、
妹を病床に呼んで兄はこう言った。
「ぼくはまた旅に出なくちゃならないが、
心配なんだ。
お前が自分の人生を、
愛を、
取り逃がしてしまうのじゃないかと。
愛を逃がすなよ。
人生という旅をする人は、愛を経験しなくちゃならない。」
妹は兄に向かって尋ねた。

「愛するって、
誰を、
なにを、
いつ、
どれほどのあいだ？」
兄は応えた。
「いいかい、そういうことは大した問題じゃない。
大切なのは、ただ愛することなんだ。
愛を見失うなよ。
いいかい。
愛のない人生なんか、送っちゃだめだぞ。
人生という旅をする人は愛を経験しなくちゃならない。
ぼくらの人生で、それがたった一つの旅の糧なんだ。」
それが、妹に残した兄の言葉だった。

出典
キューブラー・ロス、ケスラー共著『ライフ・レッスン』（角川文庫）。

人参の種を蒔く――アシジのフランチェスコ

一

イタリア中部のウンブリア州にあるアシジを訪れたのは一九九三年、冬の終わりから早春にかけてのことだった。

三月にはいったばかりのある晴れた朝、ダミアーノ教会に通じる小道をわたしは歩いて行った。周囲はオリーブの畑で、枝先に新芽が萌え出ていた。

『オリーブの森のなかで』という本がわたしに思い出された。そのなかに、フランチェスコにまつわる次のような挿話が語られている。

ある日、菜園で人参の種を蒔いていたフランチェスコに向かって、通りがかりの旅人がこう話しかけた。

――もし来週、世界が滅びて、その人参が食べられないと知ったら、あなたはどうしますか。

すると、フランチェスコは答えた。

――それにもかかわらず、わたしは人参の種を蒔き続けよう。

『オリーブの森のなかで』でこの挿話を語ったのは作家ミヒャエル・エンデである。のちにこの挿話について、エンデはさらにこう問われた。

――フランチェスコのようでありたいとわれわれが思っても、それを否定する逆の力のほうが現代にははるかに強大でありましょう。旅人の問いに決然と答える力を、フランチェスコはいったい何処から得たのでしょうか。

しばらく考えてから、エンデはこう語った。

――合理的に説明することは出来そうにありません。なぜなら、フランチェスコの答えは非合理の要素、または神秘的な要素に根差しているからです。古来、人間の徳には自然を超えたものが三つあるとされてきました。信と、愛と、希望と。これらをおこなうことは自然の法則を踏み越えることを意味します。なぜなら、それは「であるがゆえに」という因果の法則にもとづいておこなわれるのではなく、「それにもかかわらず」という背理にもとづいておこなわれるからです。

エンデはさらに語り続けた。

――過去のいつの時代にも、人間には絶望すべき理由が十二分にありました。人間の歴史は、血と涙の痕跡にほかならないからです。「それにもかかわらず」人間は信じることを止めない。愛することを止めない。希望することを止めない。それはどうしてでしょうか。納得がゆくように説明することは誰にも出来ないのです。それはただ、人間によって実践される。

エンデはそう語った。

二

寺山修司編著『ポケットに名言を』(角川文庫)のあるページをひらいて、先生はどう思われますかとわたしに問いかけた一人の学生がいた。

そのページには、「もし世界の終わりが明日だとしても私は今日林檎《りんご》の種子《たね》をまくだろう」というゲオルギウの言葉が掲げられていた。

正直に言うが、そのときわたしは返答に窮した。

ゲオルグ・ゲオルギウは小説『二十五時』の作者である。しかしその言葉はもとマルティン・ルターの言葉として伝えられたものという。

その後、書物や映画で同じような言葉にしばしば接する機会がわたしにあったが、いずれも組み立てはフランチェスコについて語られる挿話に似ている。

わたしに問いを投げかけた学生は、むしろわたしの困惑顔をかばうかのように、同書の別のページをひらいた。ほぼ冒頭付近を示し、この言葉をどう思われますかとまた訊いた。じつはこれにもわたしは即答しかねた。そこには傍線が引かれ、こう出ていた。

「わたしは人間の不幸は只一つのことから起るものだということを知った。それは部屋の中で休息できないということである。」

パスカルの言葉であった。

深い孤独をその学生もうちにかかえているのかもしれなかったが、それ以上の対話になる前にわたしのもとを去って行った。

三

半年かそれ以上もたってから、とんと教室に姿を見せなくなった学生が気になり、級友にそれとなく様子を訊いてみた。わたしに告げられたのは彼女の死だった。

胸に鬱屈をかかえ、懊悩し、ごく親しい友人さえ遮断して引きこもりを続けた果てに、一命を終わったという。遺族は葬儀で「急性心不全」と発表したが詳しくは分からない、と故人の友人たちは言った。

もしも、来週のうちにわたしが滅びてしまうと知ったら、わたしはどうするだろう。あのとき、学生はほんとうはわたしにそう語りかけていたのではなかろうか。

だが、そうだとしても、その問いかけにあのときと同様いまも容易にわたしは答えることが出来そうにない。まして、もし来週、世界が滅びて人参が食べられないと知ったら、あなたはどうしますかという問いに、それにもかかわらず種を蒔く、と決然として自分はこたえられるであろうか。分からない。しかし自分がこう思ったことはおぼえている。

死の原因がなんであるにせよ、二十歳になってまもない若さでこの世を去らねばならなかった不幸な一学生の記憶を抜きにして、このさき自分がルターまたはフランチェスコに帰せられる右の挿話を思い浮かべることはないであろう。

それゆえ、いやそれにもかかわらず、いまなおわたしは旅を続けている。

Ⅳ　孤独への旅

静寂——スカイ島の谷間の道を行く

一

その湖は島の西のはずれにあると聞いた。
島の名はスカイ島。
ヘブリディーズ群島の一つ。
スコットランド高地の北西に位置する。
ミスティ・アイルすなわち「霧の島」として知られる。
島の半分がいつも霧におおわれているからだ。
そして湖の名はロッホ・コルイスク。
クーリンの黒い岩山に囲まれる。
磁気が強く、磁石は役に立たない。

だからめったには人もそこを訪れない。

なぜだったろう、
その湖を見に行こう、
とわれわれが申し合わせたのは。
ひと言で答えよと言われれば、二人とも答えに窮したろう。
けれどもわれわれの決意はできていた。
言わず語らずのうちに。
あなたもまだ覚えていてくれると思う。
その湖を探しに行ったあの旅のことを。
もういちどわたしは語りたい。
われわれがあの湖で見たものについて。
もういちどわたしは自分に想起させたいのだ。
あなたがあのおり語った言葉を。

スカイ島に到着した日は雨だったが、
その日からかぞえて八日間、

一歩も動けぬ日々だった。
連日降りしきり、連日吹き荒れた。
九月の荒々しい雨と風が。
九日目、ようやく風が落ちた。
雨が上がり、太陽が現われた。
一日、われわれはとうとう歩み出したのだった、
長い谷間へ。
グレン・スリガカンへ。

歩きに歩き、ただ歩き続けた。
あなたもわたしも。
ひと言もわたしは口を利かなかった。
あなたもまた同じだった。
あまりにも果てしない道のり、
と思われたからだろうか。
あるいは、口を利けば方角を見失う、
というおそれがあったからだろうか。

それとも、磁気を帯びたあの谷間だったのか、
われわれに沈黙を強いたのは。

やがて前方に、一つの岩山が立ちふさがった。
そのかたちはうずくまった太古の生き物か、
化石と化した恐竜を思わせた。
高い山ではないが、草木一本生えていない。
われわれは顔を見合わせ、黙って登り始めた。
瓦礫《がれき》が靴の下で音を立てた。
いまにも身じろぎをするのではないかと思われた、
安息を掻き乱されていらだった岩山が。
かの湖は、登りつめた尾根の向こうにあった。

断崖の縁にわれわれは立ち、
黒い湖面を眼下に見下ろした。
霧はなく、あたりは静まり返っていた。
人跡まれなこのような場所に、

その静寂はふさわしかったろう。
とはいえ、われわれの沈黙には畏れが混じった。
静けさばかりではなかったからだ、
われわれを畏れさせたのは。
周囲を取り囲むクーリンの山々だった、
われわれをたじろがせたのは。

細長い湖面の色は黒かった。
色濃く、色深かった。
みなぎる磁気のゆえか、
われわれが茫然とさせられたのは。
あらゆる物音が、
湖の底に吸い取られていた。
やがてまるで霧が湧き出したようだった。
おもむろに一つの疑いが兆したのだ。
それはわたしの胸にはびこった、邪念のように。
ここは、すでに失われた世界ではなかろうか。

あのときほどわれわれが、
互いを見つめ合ったことはなかったろう。
こう言えばあなたに迂闊《うかつ》さを叱られようが、
じつは初めてわたしは知ったのだ。
あなたのなかにも湖があったことを。
ようやくわたしは分かりかけた。
なぜこの湖を見たいと思い立ったのか。
でもすっかり合点がいったわけではなかった。
とにかく動機は内部にあったのだ。

二

話を続けよう。
あなたも覚えていてくれるだろうが、
あのときわたしに思い出された一人の哲学者があった。
そう、マックス・ピカートだ。
そのピカートがこう言っていた。

——そびえ立っている。
騒音のただなかに。
沈黙が。
あたかも太古のもののように。
いまなおそこにたたずんでいる。
すでに絶滅したもののようにではなく、
あたかも現代に生きのびた太古の生き物のように、
見え隠れしている。
それからわたしはこう語ったのだった。
——このクーリンの黒い山々もまた、
持ち上げられた太古の生き物の巨大な背ではなかろうか。
いましもそれは、湖に消えて行こうとしている。
その生き物なのか、
あなたとわたしがいままのあたりにしている光景は。

その印象は誤りではなかった、といまでも思うが、
あのときはせいぜい別の意識をもって、

わたしはそれを言っただけだった。
ああ、それゆえしかとわたしは思い出せないのだ、
あなたがそのときどう応えたかを。
言葉はたしかにわたしを打ったのに。
わたしの心がそこになかったのだ。なぜなら、
磁気を放つ黒い山々が、
わたしのなかの指標を掻き乱したからだ。

ともあれ先を続けよう。
湖からの帰途、長い谷間の道のりで、
いっとき休んだあの岩場でのことだった。
そこは「ナナカマドの岩」と名づけられていたが、
灌木一本生えてはいなかった。突然、
――わたしたちの後ろからだれかが歩いてくる、
とあなたがつぶやいた。
ぞっとしてわたしは振り返った。
もとより人っ子一人いるはずもなかった。

谷間を歩いているのはわれわれだけだった。
その代わり、乳をしぼったような真っ白い霧が、
おりしも谷間に湧き出したところだった。

あたかも遠くからはるばる旅をして、
いましがたこの谷間へ到来したもののように思われた。
それゆえ、わたしをぞっとさせたもの、
それは一つの啓示ではなかったろうか。
だからこそあなたは、あのときわたしに語ってくれたのだと思う。
あの岩の陰で、あの物語を、あれほど熱心に。
作者の名はウィリアム・サロイヤン。
物語は「哀れ、燃える熱情秘めしアラビア人」。

「物語のなかに驚くべきことは一つも起こらない」

と作者は言うけれど、そうではない。

深い意味が暗示されている、小さな物語のなかに。

それはやはり「驚くべきこと」ではないかしら、

とあなたは小さな声でささやくように称《たた》えた。
人けのない谷間で声高に語ることがなぜかはばかられた。
小さな物語にふさわしく、小さな声で、
その物語をあなたは語り始めたのだった。

三

――一人のアラビア人がいて、岩のように静かな男だった。
ずいぶんと小柄で、背丈は八歳の男の子と見まがう。
歳は六十歳を少し出たぐらい。
トルコ語とクルド語とアルメニア語を少しばかり話したが、
その声は、むかしの国から聞こえてくるかのようだった。
しばしば少年の家にやってきて、
一時間ばかり、少年の伯父さんと語り合うのだった。
ときには対話が二時間に及ぶこともないではなかった。
けれど二人が話し合う声は、少年の耳にまるで聞こえない。
アラビア人はときどき膝の塵を払う。

それから鼻で一つ呼吸をすると立ち上がる。
そのまま帰って行く。

少年は不思議でならなかった。
小さなアラビア人はなにしに来たのだろう。
なぜ口をひらくこともなしに帰って行くのだろう。
そこで少年は伯父さんに訊いたのだった。
あの人はなにしにうちへ来たの？
伯父さんはあの人とどんな話をしたの？
二人とも黙って座っていただけじゃないか。

伯父さんは小さな甥を心から愛している。
そこで、こう言うのだった。
そうか、おまえはまだ子供だったな。
あのアラビア人は、この世界に打ち棄てられた孤児なのだ。
哀れ、燃える熱情秘めし人間なのだよ。

少年はこんどは自分の母親に尋ねる。
伯父さんたち、なんの話をしていたの？
二人とも黙って座っていただけじゃないか。
すると母親は、幼い息子に応えて言うのだった。
なにか言うことがあるときに、
ものを言う人もいるし、ものを言わない人もいるのだよ。
わたしたちはいつも、
言葉に出さないでも話をしているの。
でも、あの人たちは話をしたの？
そりゃあ、したろうね。
いちども口を利かなかったのにかい。
口をひらいてものを言う必要なんか、あの二人にはないんだよ。
これがあの谷間の「ナナカマドの岩」の陰で、
あなたから聞かされた物語、
燃える熱情を心に深く秘めたアラビア人の物語だった。

四

わたしは聞いていた、
相槌を打ちながら。
子供のように。
それなのに、真に思い出すべきものを、
まだつかみそこねていたらしい。
谷間の道をふたたびわれわれは歩き出した。
もう口をひらくことはなかった。
わたしの胸にはむくむくと湧き起こっていた、
考えなくてはならないことが。
分かりかけているが、まだ分からない。
もどかしさに気を取られ、つい足もとを見忘れた。
草むらの石につまずき、ぬかるみに足を滑らせた。
わたしの胸に想起されたのは、
やはりピカートの言葉だった。

——言葉は遠くからやって来る、
とこの哲学者は語っていた。
言葉は遠方からやって来る。
忘れられた世界からやって来る。
沈黙をとおして言葉は語られなくてはならない。
そうして初めて、会話に広さが与えられる。
沈黙によってのみそれは可能なのだ。
たとえば二人の人間が対座している。
そこにはつねに、姿の見えない第三者が居合わせる。
目には見えない第三の者が。
この第三の存在に敬意を払い、挨拶を送ろう。
このようにピカートは語っていた。

五

長い谷間は果てしなく、
終わりがないように思われた。

歩きに歩き、ただ歩き続けた。
とうとう谷のはずれに辿りつき、
もういちどわれわれは振り返った。
クーリンの山々の向こうに日が落ちかかっていた。
グレン・スリガカンの谷がいましも閉じられようとしていた。
夕陽はまるで、不本意ながら沈んでゆくかのようだった。
尾根の頂の一つにながいあいだしがみついていた。
それからため息を一つついて、最後の光を谷間に向かって投げた。
そのため黒い山は、それ自体が自らの影のように見えた。
まもなくわれわれの細い道も沈むほかはない。
白い霧のなかに、あるいは黒い影のなかに。

あとになり、さきになりしながら、
われわれは谷間を歩いてきた。
石の上に腰を下ろしたわれわれのあいだに、
一つの気配が現われた。
それはわれわれのあいだにひっそりと座を占めた。

いま到来したのだ。
いま腰を下ろしたところだ、
静寂という椅子に。
風がそよぎ、
谷間にどっと霧があふれた。

出典と解題

一九九二年夏の終わり、イギリスに滞在中だったわたしに、たまたまウォルター・スコットの物語詩「群島の領主」(一八一五年)を読む機会があった。その詩から、ヘブリディーズの島嶼にスカイ島という島があり、ロッホ・コルイスクという湖水が島の西端に存在することを知った。聞けばそこはさながら秘境のごとく容易に人を近づけないという。現にスコットも「群島の領主」のなかでこう歌っていた。

あの身の毛のよだつような湖ほどにもきびしい風景が、
不毛の石の転がる黒い色をした岩棚が、
人の目に知られることは稀であった。
それはあたかも原初の時代に起きた地震に揺さぶられ、
荒々しい山が胸を割られ、打ち砕かれて、
奇怪なかたちをした道になったのかとも思われた。

スコットがロッホ・コルイスクへおもむいたのは一八一四年のことであった。右の詩に付した自註にかれはこう書いている。

「あたかもここでは、吹きさらしの山の斜面を、夏の太陽や春のあまやかな露で色とりどりに装うことが許されてはいないかのようだ。」

わたしがその湖にひかれたのは、詩の行間にただよう気韻に打たれたということもむろんあった。同時に、詩集に添えられたターナーによる挿絵にすっかり魅了されてしまったからでもあった。ターナーはスコットの詩集に挿絵を描くことを依頼され、一八三一年の秋、ロッホ・コルイスクを探訪している。

このときのことを、わたしは紀行として書いた。(拙著『紀行　星の時間を旅して』第十二章「スカイ島への旅　ターナーの絵を探して」参照)

ターナーを論じたジョン・ゲージの名著『ターナー論――驚くべき精神の広がり』(一九八七年)もまたわたしの探求欲をいたくそそった書物であった。

本文中に言及されている哲学者と作家についても簡単に述べておく。

マックス・ピカート(一八八八―一九六五年)は医師にして哲学者であった。ドイツのシュヴァルツヴァルトに生まれ、ハイデルベルク大学に学んだ。ミュンヘンで開業医となったが、のちスイスのルガノ湖畔に居を移し、そこで著述をおこなった。

『沈黙の世界』(佐野利勝訳、みすず書房)のほか、『われわれ自身の内なるヒットラー』『騒音とアトム化の世界』などの著書がある。『沈黙の世界』の訳者あとがきに、「この本は、ピカートの他の著作同様、それについて議論がなされるに適したものでは決してなく、ただ熱心に傾聴されるべき性質のものである」と記されているが、まさにそういう性格を帯びた文体で書かれていると言ってよいであろう。

いっぽう、ウィリアム・サロイヤン(一九〇八―八一年)はアルメニア系移民の子としてカリフォルニアに生まれた。さまざまな職業を転々としたが、のちに作家となる。一九四〇年に刊行された短編小説集『わが名はアラム』(清水俊二訳、晶文社)に、「哀れ、熱情秘めしアラビア人」は収録されている。作者はこの短編集のまえがきで、「この話のなかではとくに驚くべきことは一つも起こらないということを、読者に警告しておきたいと思う」と書いたが、それは当たらない。なぜならこの短編小説一つとってみても、驚くべきことが語られていることをわれわれは認めないわけにはいかないからだ。それは小さな言葉で語られている。それゆえ、いっそう驚くべきものとなっている。物語のなかで書かれている次のくだりを、わたしは「驚き」の感情を伴わずには読むことができない。

「このアラビア人は、初めて私の家にきたとき、母が六ぺんもくつろぐようにとすすめてから、やっと椅子に腰をおろした。耳が聞こえないのかしら、と、母は考えた。いや、そんなはずはない。耳が聞こえることはたしかだった。彼は耳を傾けて、熱心に聞いていたのだった。」

六回も繰り返してくつろぐようにとすすめられなければ、椅子に腰をおろすことをしない。極度に遠慮深い性格の老人と言ってもいいかもしれないが、しかしそれ以上のものがその態度には感じられる。故郷を追われて、哀れ、燃える熱情秘めし孤児となったこのアラビア人こそ、人間の沈黙そのものではなかろうか。その沈黙の深さを少年の伯父さんはだれよりも正確に理解している。

サロイヤンの物語は、ターナーの挿絵についてわたしがいだいた印象と、ある意味では同じ性質の「驚き」をもたらす。ターナーの描いたロッホ・コルイスクもまた「哀れ、燃える熱情秘めしもの」にほかならないからである。

小さな画面のなかで、霧が渦巻き、ぐるぐると回転している。峨々たる岩山に囲まれた湖に向かって下ってくる雲と、その霧が絡み合っている。さながら燃える熱情秘めし生き物のように。しかし、画面には静謐さもまた湛えられている。

原画はエディンバラのスコットランド国立美術館に所蔵されている。ロッホ・コルイスクへの旅のあと、方向を転じてその絵を見るためにエディンバラにわたしは出かけた。

ところが、実物を目の前に差し出されたとき、別種の「驚き」をわたしは新たにしないわけにはいかなかった。てっきり原画は相当な大きさであろうと予想していたがまるでちがった。水彩で描かれた原画は小品にすぎなかったのである。縦九センチ、横十五センチほどであった。せいぜい葉書大といったところなのだった。

しかし、その小さな絵はやはり「驚くべき物語」を表わしていた。わたしはその後も二度ほどこの絵を特別展などで見る機会があった。いちどはエディンバラで、もういちどはロンドンのクロア・ギャラリーで。そしてそのつど、「驚き」を禁じ得なかったのだった。ちっぽけな画面のなかで静謐なものと激烈なものとがせめぎ合っていた。絵は小さい。だが、ゲージの本のタイトルを借りれば、「驚くべき精神の広がり」を感じさせずにはいないのである。

聖アントニウスの炎に焼かれて——リスボン考古美術館

嵐は去った。

一晩中まんじりともせず、颶風のなかに聞き分けられる不思議な音に耳を澄ませていた。それは長く軋るような響きであった。

まるで下り坂になった鉄路の上を、重い貨物を積んだ列車が、ブレーキの火花を飛び散らせつつ滑り降りて行くようであった。

怖じ気づいた人間のそら耳にすぎなかったのか、それとも強風が鉄塔の電線に吹き付けて、錯覚を生じさせただけであろうか。

襟を合わせてまんじりともせぬわが胸のなかにも、颶風は容赦なく吹き込んだ。内側に波浪を巻き上げた。

内的な嵐にすっかり身を任せ、嵐と一体となったからには、もはや堤防を築いて防がねばならないものなど、なにもないのだ。自分自身に邪魔されることなく、世界の果てまでも旅をすることができる。

パスカル・メルシェという作家が、『リスボンへの夜行列車』という小説のなかで述べている言葉だ。


わたしがポルトガルに出かけて一枚の絵を見てきたのは、二〇一七年のこと。

リスボンにおもむき、「内的な嵐」を最も的確に描き出した絵画に出会った。

ヒエロニムス・ボスによる晩年の大作『聖アントニウスの誘惑』だ。

絵を前にしてわたしはこう思った。嵐は定期的に繰り返し襲来する誘惑のようなものだ。

いったんは過ぎ去ってもまたやってくる。

それが生涯続く。

とすれば、生きるとは嵐との遭遇を避けることだろうか。

誘惑との遭遇を避けることだろうか。

むしろ逆ではあるまいか。

嵐の襲来は避けられない。

嵐が避けられないとしたら、誘惑もまた避けられない。

生きる以上は、どちらも避けることが出来ないのだ。

この大作はリスボン考古美術館に所蔵されている。

だが、もとは美術館どころか、難病患者のための施療院の壁に掲げられていたと聞いた。

リスボン彷徨を描いたアントニオ・タブッキの『レクイエム』によれば、とくに帯状疱疹という
皮膚病の患者が多くやって来た。
むかしは「アントニウスの炎」と呼ばれて恐れられた難病だ。
絵の前に、巡礼のように敬虔にかれらはぬかずいた。

この病は治癒したかに見えても、からだの奥深く沈潜し、けっしてなくなりはしない。

いつかふたたび浮上する。

いまにいたるもそれが特徴だ。


さながら人生への悔恨にも似て、生涯苦しめられるさだめと『レクイエム』の作者は言う。

そのとおりだとわたしは思う。

なぜなら誘惑と悔恨は同じものの裏表にほかならないからだ。

伝説ともども巨匠の絵の真実がわが身に迫るようだった。

リスボン滞在中に美術館で見たのはこの一作のみ。だが、すっかりへとへとになって帰って来た。昨夜わが耳に響いた颶風のなかのあの奇妙な軋り音はなんだったろう。奇声を発しつつ空中を駆け回る奇怪な生き物たちの跳梁跋扈《ちょうりょうばっこ》ではなかったのか。そうでなかったら、せめてそれをさいわいとすべきである。

だが軋り音に耳を澄ませてよく聞け。奇怪な生き物らは雲散霧消したのではない。姿を隠しただけだ。

潜んでいるぞ、すべてわが内部に。

三つの椅子

ウォールデンの森のなかで、ソローが一人暮らしを始めたのは、二十八歳のときだった。新しい家のなかには三つの椅子が置かれた。

森のなかの一軒家にも人が訪れる。一人暮らしを好んだソローだが、かれは来客を喜んで迎えた。だから一つ目の椅子は訪問者のために用意された。

来客のうちいちばん嬉しいのは、心を許した友が来てくれるときだった。だから二つ目の椅子は親しい友人のために用意された。

では三つ目の椅子はなんのためだろうか。それは、孤独のためだ、とソローは書いている。

人生にとって、本質的な事柄とはなにかを知るために、誰しもしばらくのあいだ、孤独の椅子に座らなければならない。そうすれば、この世には、自分の耳にだけ聞こえる音楽があることに人は気づかされる。

どうして、ぼくらはそれほど成功を急がなくてはいけないのだろう。どうして、それほど必死にがんばらなければいけないのだろう。

ある人がもしも仲間と歩調を合わせて歩いていないとすれば、それはたぶんかれが仲間とは別のリズムを聞いているからなのだ。

どんな種類のリズムであれ、またどんなに遠くから聞こえてくるものであれ、自分に聞こえる音楽に合わせて人は歩いて行けばいいのだ。

それが、森の生活から学んだソローの考え方だった。

出典
ヘンリー・デイヴィッド・ソロー『森の生活』(宝島社文庫)。

森のなかで迷う

森のなかで道に迷うのは、驚くべき、記憶すべき、価値ある経験だ、とソローが書いている。吹雪のときには、よく知っているはずの道でも、村に通じる方角を見失う。なんどとなく通った道でも、あたりの見分けがつかなくなり、まるで見慣れないものとなる。「自然の大きさと不思議さとが、ぼくらにはまだ分かっていない。だから、もしも迷子になろうと思えば、方法は簡単だ。目隠しをされて、くるりと一回転させられるだけでいい」とソローは言う。

毎朝眠りから目覚めることは、あたかも一回転させられてから、目隠しを外されるようなものだ。その日、ぼくらが歩こうとする道の方角を、そのつど確かめなければならない。

しかし、ソローはまたこんなふうに書いている。

「ぼくらが真剣に、自分自身と自分の歩むべき道とを見出そうとするのは、森のなかで道に迷ったときだ。すなわち、世界を見失うことによって始めて、ぼくらは自分が今どこにいるのかを、知ろうと思い始める。このとき、自分を取り囲むさまざまな関係の無限の広がりに、ぼくらは気づく。自然の大きさと不思議さとに、目を開かれる。」

森のなかで道に迷う。
それは、じつに驚くべき、記憶すべき、価値ある経験だ。

出典
ヘンリー・デイヴィッド・ソロー『森の生活』(宝島社文庫)。

橋の上で

道の始まりと道の終わりとのあいだに、
いくつかの橋が架け渡されている。
大きな橋もあるが、小さな橋もある。
橋の真ん中で、ぼくは疑問を投げかける。

川面に小石を投げるように。
ぼくとはなにか。
いま投げた小石のようなものだろうか。
橋を渡ってゆく経験そのものだろうか。
橋を渡ってゆくなにものかだろうか。
それともこのからだだろうか。
この欠点だろうか。
この病気だろうか。
それとも、橋のたもとの石に彫られた墓碑銘だろうか。
ぼくとはなにか。
変わることのできるなにものかだろうか。
たとい変わっても、
ぼくでいられるなにものかだろうか。
問いは尽きないが、道はまだまだ先だ。
よし、次の橋の上で考えよう。
でも、これだけははっきりしている。
そのいずれもぼくじゃない。

ぼくのなかに、
なにか名状しがたい、
なにか変わらない、
なにか堅固なものがある。
それがぼくなのだ。
正真正銘のぼくなのだ。
それは消え失せない。
年を経ても、
病気にかかっても、
景色が変わっても、
それは変わらない。
生まれながらにそなわっていて、
何処へ行くにも、
それとともに生き、
それとともに死ぬ。
さて、もう一度ねんごろに問い直そう。
ぼくとはなにか。

問いは尽きないし、道はまだまだ先だ。
よし、次の橋の上で考えよう。
だが、これだけははっきりしている。
ぼくはとうとう一個の驚異、
一個の謎というほかないものだ。
それでいて、ぼくには分かっている。
ぼくのなかにはあるのだ。
なにか名状しがたい、
なにか変わらない、
なにか堅固なものが。
ぼくにはまだまだ分からぬが、
どうしてもぼくでしかないものが。
それは、川の上に架けられた橋だろうか。
橋の下を流れてゆく川だろうか。
それともむしろ、
橋と橋とのあいだの道だろうか。
問いは尽きないが、道はまだまだ先だ。

よし、次の橋の上で考えよう。

出典
E・キューブラー・ロス、D・ケスラー共著『ライフ・レッスン』（角川文庫）。

若き旅人のために

自らの情熱の炎のなかで打ち震えながら、
燃え尽きたいと願う人間がいる。
夢を追い、
内なるなにものかの告知にのみ耳傾ける
そのような人間は、
劫初のむかしより、
いつの時代にも変わることなく現われた。
若い旅人よ、心して聞かれよ。

これからわたしが君に語ろうとするのは、
そのような人間についての物語なのだ。

その旅人は遠いところからやって来た。
水も空気も澄み切った高い山のふもとに、
旅人の美しい故郷はあった。
ある晩、夢のなかに
満々たる水をたたえた大いなる河が現われ、
一つの声が聞こえた。
――なんじはこの聖なる河を目ざせ、と。
こうして住み慣れた懐かしい故郷の町をあとにしたのだった。
旅人の背には白い文字がくっきりと浮き出ていた。
「わたしは都市のあらゆる門から常に出発する者である。」

その河にいたる道の遠さを、旅人は知らなかった。
河への道のりや方角を、
旅人に教える者はあまた現われた。

街道にも、都市にも。
だが、いったい河が何処にあるのか、
じつは誰も正確に知る者はなかった。
その河を
自分の目で見た者が一人もいなかったからだ。
たちまち十年の歳月が流れ去ったが、
それとおぼしき河の水を、
旅人はいちども見なかった。

旅に病み、気力衰えるとき、
旅人はしばしば高地を見上げた。
流れに飲まれた者が岸辺を眺めるように。
河はかならず見つかると信じてはいたが、
うしろを振り返り、
故郷の高地に思いを馳せずにはいられなかった。
山の頂に降り積もる汚れなき雪を思い出した。
われにもあらず涙を流した。

こうして、捨て去った喜びの記憶にとらわれて、
夢に見たあの大河の面影は
次第に脳裡を離れて行った。

一夜の宿を共にした行きずりのわたしに向かって、
旅人はこう語った。
――わたしは一気に急な坂道を目ざし、
近道を見つけようとうろうろ探し回った。

健脚をただ自らに誇りたいがために、
いちどならず夜通し歩きもした。
暗い道を黙々と進みながら、それを正道と勘違いした。
こうしていつのまにか、
道の定めから逸れてしまっていた。
そのため、いまだ自分の高地で、故郷の足もとで、
内なる邪念を引き起こしたかの地で、
わたしは足を引きずっている。

つかのまの欲望に屈した罰だ。
見てくれ、若い旅人よ、この足を。
わたしはもう歩けない。
ああ、先は長いのに。

それゆえ、若い旅人よ、心せよ。
しばし憩うがよい、騒音より離れて静寂のうちに。
しかし、避けてはいけない。
静寂よりふたたび騒音に帰ることを。
沈黙し、孤独であれ、
もし君にそれが可能ならば。
もし孤独であるためのすべを君が知っているならば。
しかし、ときとして自らを連れ出せ、
群れなす人々のあいだに。
心してしりぞけよ、一つの住処を選ぶことを。
くれぐれも信ずるな、
永続する一つの美徳の特性を。

変化なきものはこの世に存在しない。

それでもなお、
なにものか永劫不変なるものを目ざして
歩き続けるならば、
いつかかならず君は見いだすだろう。
かの滔々《とうとう》たる流れ、大河を。

そのとき、君の企図はついに成就するはずだ。
もはや停止することもなく、踏み越えることもない。
賞賛もない代わりに、不安や苦痛もない。
聖なる大河より汲み上げるわずか一滴の水でことたりよう。
君が自分を映して見るためには。

出典
「聖なる河」を目ざす旅人は、ラドヤード・キプリング著『キム』(晶文社)に描かれる。なお、文中の引用はニーチェ『ツァラトゥストラはこう語った』(岩波文庫ほか)による。

扉のところで——ゴーギャンの旅

一八九三年、ポール・ゴーギャンはたくさんの作品をかかえてタヒチからパリに戻ってきた。個展をひらくためだった。かれは成功を疑っていなかった。だが、モネも、ルノアールも、ピサロも、ゴーギャンの絵はまったくひどい、と言った。

絵を買ってくれたのはドガだけだった。

そのドガも、人から批評を求められるとこう言った。

——この絵を描いたのは一匹の狼だ。

ゴーギャンが下宿した家には十四歳の娘がいた。ドガの言った「狼」という批評を小耳にはさみ、家に帰るとさっそくどういう意味かと画家本人に訊ねた。画家は娘を椅子に座らせると、一つの話をして聞かせた。

あるとき、腹をすかせた狼が森を歩いていると、向こうから犬がやって来た。まるまると太った犬だった。毛並みはつやつやとして、黄金色に光り輝いていた。いまにも飢えて死にそうな狼を憐れんで、犬は自分の家に狼を招待した。

大きな家の玄関のところまで二匹がやってくると、狼は犬の首になにかはめてあるのに初めて気がついた。

——ところで、それはなんだね、と狼は訊いた。

——首輪だよ、と犬は応えた。人間に飼われているという印なのさ。君も人間に飼ってもらいたまえ。そうすればもう食べるものに困らない。

——なるほど、そういうことか。それならぼくは引き返すことにしよう。

そう言って、飢えた狼は扉の前から立ち去った。

話はそれだけだ。

ゴーギャンはふたたびパリを離れ、タヒチに向かった。そして、タヒチで生涯を終わった。

荘子いわく、沢のほとりの野性の雉は、十歩歩んでやっとわずかの餌にありつき、百歩歩んでやっとわずかの水を飲む。それでも、籠のなかで養われることを雉は望まない、と。

出典
映画『黄金の肉体、ゴーギャンの夢』ヘニング・カールセン監督、一九八六年。同作の原題 *The Wolf at the Door* にちなむ。
『荘子』(岩波文庫ほか)。

黄金の谷間にて

わたしのただ一人の友よ。
どうやら別れのときが来たようだ。
このたびは一人で出発するが、どうか許してほしい。
わたしがこの世を去れば、かつてわたしであったすべては、
灰となって風に飛び散るだろう。
それもよかろう、望むところだ。
とはいえ、しばらく住んでみて分かったが、
この世は結局生きるに値するところらしい。
あなたと出会ったのがなによりの証拠だ。
あなたとともにもう少し長らえたかったが、そうもゆくまい。
ただ、あなたに聞いてほしいことがある。

なおしばらくあなたに生き長らえていてほしいのだ、この地上に。
わたしの墓を訪れてはいけない。
なぜならそこは死者だけのもの。
いや、そこにいるのはすでに死者でさえなく、
もとよりわたしもそこにはいない。
いずれにせよ、あなたには関わりのない場所ではないか。

なにかと心労の多い日々の営み、その哀楽のさなかにあれば、
この世にいなくなったわたしが、あなたに思い出されることも、
いつしか間遠になることだろう。
しかし、それでいいのだ。気にすることはない。
わたしはあなたの人生を妨げようとは望まないし、
あなたの生の流れをかきみだそうとも思わない。
それでも、じつは心配なのだ、あなたのことが。
たとえば秋の静かな夜更け、ふとひそかな悲哀が、
優しいあなたの心のうちに、込み上げることがないだろうか。
そのときのあなたの孤独を思うと、いまからつらいのだ。

そのようなときは、もはや姿なきとはいえ、
つねと変わらぬあなたの友に、手を伸べてほしい。
過ぎし日に、二人でいくたの旅をして、
通りがかりに打ち眺めたあれこれの風景の一つを、
どうか思い起こしてほしい。
たとえばスコットランドのフォートウィリアム付近で、
ベン・ネヴィス山に向いて建てられた戦没者記念碑を訪れたときのことを。
あなたは覚えているだろう。わたしも覚えている。
小さな十字架に添えられた碑文の一つが、
ことのほか二人の胸を打ったのだった。

わたしの墓の前に立っても、どうか嘆かないでくれ。
わたしはそこにはいないのだから。
わたしは眠っているだけなのだから。
わたしは吹き寄せるあまたの風なのだから。
優しく降りしきる秋の雨なのだから。
頭上の夜空から柔らかい光を投げかける星座なのだから。

そう、それがわたしなのだ。
だからわたしの墓の前に立っても、どうか悲しまないでくれ。
わたしはそこにはいないのだから。
わたしは死んではいないのだから。

あのとき二人の胸のうちに、言わず語らずのうちに、
同じ思いの涙をにじませたあの場所の、
あの空、あの谷間、あの風、あの雨、
さらにはあの雲のゆくえを、
どうかいまいちど心に描いてほしい。
あれこそが二人の黄金の谷間だった。
その風景に向かって、
笑いながら手を差し伸べてほしい。
そのときもしも、あなたの掌《たなごころ》の上に、
そこはかとない風の気配がたゆたうならば、
それはまちがいなく、わたしの仕業だ。
在りし日に、二人が訪れた風景のなかから、わたしが送る風だ。

いいとも、喜んで請け合おう。
幽明境を異にして、姿こそ見えぬとはいえ、
それはまちがいなく、わたしからあなたに送られる風なのだ。
さあ、元気を出して、
なおしばらく生き長らえてほしい。
そして、この世があなたに与える生の滴《しずく》を、
あますところなく汲みつくしてほしい。
なぜなら、しばらく住んでみて分かったが、
この世は結局生きるに値するところらしい。
あなたと出会ったのがなによりの証拠だ。
過ぎし日に、二人でいくたの旅をして、
通りがかりに打ち眺めたあれこれの風景を、
どうかゆっくりと思い起こしてほしい。
それら風景の一つ一つのなかに、
きっとあなたは見いだすだろう。
つねと変わらぬわたしの姿を。
あなたに向かって微笑みかけるわたしの姿を。

出典
「わたしが死んで……」ツルゲーネフ『散文詩』(神西清・池田健太郎共訳、岩波文庫)所収。

沈鐘の湖――サナブリア湖

スペイン北方の山中に、矩形の小さな湖がある。太古の時代に氷河が作り出した。波が立たず、まるで鏡を置いたようだ。この湖には伝説がある。湖底に一つの村が沈んでいる。聖ヨハネの日の夜の午前零時、湖底に眠る教会が目覚め、鐘を鳴らす。

二〇一九年四月末、そこをわたしは訪れた。ミゲル・デ・ウナムーノが伝説に想を得て、あの晩年の傑作「殉教者、聖マヌエル・ブエノ」を書いたと知ったからだ。ウナムーノがここを訪れたのは一九三〇年六月。およそ九十年後にわたしはおもむいたことになる。

だが、伝説に引かれ、物語に引かれて出かけて行ったわたしが思いもかけず知ることになったのは、伝説にそなわる底知れない怖ろしさだった。ちょうど六十年前のこと、すなわち一九五九年、湖畔の西端にある村リバデラーゴが惨劇に見舞われた。

人口五〇〇あまりの村だったが、村の背後には人工貯水池があった。一月のある日それが決壊した。濁流に飲まれた者一四四人。収容された遺体は二四体。いまも行方の分からない人たちは一二〇名をかぞえる。みな湖底に沈んだ。

村は河口の近くにあった。土砂もろとも家々も押し流された。

みな湖底に沈んだ。伝説は現実となった。むろんウナムーノは自分の訪問から三十年後、この湖に降りかかることになる悲劇を知る由もなかった。

遠い過去のどのような経緯を踏まえて語られてきたのかは分からない。ただ、いつかきたるべき未来の出来事を先取りしていたとしか思われぬ。伝説とは心の歴史だ。心の目は未来を見とおす力を持つ。心が乏しいなら視力も衰えよう。

われわれは乏しき時代に生きている。まなざしの乏しい時代。心の乏しい時代。心なくして未来を見ることはできない。

その自覚を持つ。いまや自覚なくして心の生まれる場所はない。サナブリア湖の静寂がそれをおしえている。

あれから半世紀あまり。鐘はいまも鳴り響いている。氷河が作った湖の底の静寂のなかで。

なにも起きない日々

人生にはなにも起きない日々というものがある。
あとで思い出すべき出来事もなく、
あたかもそんな日々などなかったかのごとく、
足跡も残さずただ過ぎてゆく日々。
よく考えてみれば、
人生のほとんどの日々とはそういうものだ。

自分に残された日々がわずかになってみて初めて、人は自問する。
なぜこんなにも多くの日々を、
こうも漠然とやり過ごしてしまったのだろう。
人間とはそういうものだ。

過ぎてしまってからようやく昔のよさに気づく。
なにかが過去のものとなってしまって初めて、
もしいまもそれがあったとしたらどうだったか、
ということが見えてくる。
けれどもそのときそれはもうない。

人間とはそういうものだ。
考えてみればそういうものだ。
人生のほとんどの日々が。

出典と解題

ティツィアーノ・テルツァーニ『反戦の手紙』（飯田亮介訳、WAVE出版）による。訳文を若干変更してある。

著者は一九三八年、フィレンツェ生まれ。優れた国際ジャーナリストとしてつとに有名だが、現在はヒマラヤ山中にて思索生活を送る。末期癌を患っているということだが、その現在について詳しいことはわたしに分からない。

本書は日本語版への序文を含め、九つの手紙によって構成されている。「フィレンツェからの手紙」「カブールからの手紙」「ヒマラヤからの手紙」といった具合に。いずれも「非暴力のための巡礼の旅」の途上にて書かれた。それはどれもジャーナリストとしてのアクチュアリティと深い寛容さに裏打ちされた叡智とのみごとな結合である。

朽ちた道——ルーマニア東部ギメシュ

ルーマニアに第一次大戦の戦跡を訪ねたのは
二〇一六年五月だった。
ギメシュの谷間。
そこはいわゆる東部戦線の跡地であった。
いったい誰に想像できよう。
百年前、あたり一帯が修羅場だったと。
だが、山の尾根近くに砲座が設けられ、
谷間を行く人馬は容赦なく砲撃された。
戦争の常として、民家は略奪され、
家屋は焼かれ、
農家の人々があまた殺された。

軍も民間もなかった。
敵も味方もなかった。
正邪の区別など消し飛んだ。
それが戦争の常。
古来戦史がおしえるところだ。
例外は、
ない。

ハンス・カロッサ。ドイツの作家・詩人。
代表作は『ルーマニア日記』。
その最後に出てくる散文詩を久しぶりに読んだ。
百年前、第一次大戦のさなか、
軍医としてカロッサはルーマニア東部にいた。
ルーマニア軍と対峙する陣中で日記と詩を書いていた。
件の詩はいつ読んでも難解だ。
にもかかわらず、心を打たれずにいない。
たとえば、「われらは誰しも朽ちた道を行くのだ」とある。

カロッサの言うとおりだ。
百年のあいだに道は朽ち果てた。
さながら千年も前の中世の古道のように。
人間はなんとたやすく忘却してしまう生き物だろう。
初めから道などなかったかのようだ。
五千万もの人々の非業の死を世界は見てきたというのに。
この百年のあいだだけで。
道は朽ち果てた。
いっぽう、こういう一句もある。
「やがて一切はただ前触れとなるであろう」
なんの「前触れ」か。
いまや明白だ。
また再びの道。
いや、三たびの道。
そしてこんどこそ、
生き残りのあり得ない、
最後決定的な滅びの道、

その前兆である。

フランドルの冬——ウィルフレッド・オーウェン紀行

この十年あまり、なんども君の詩を読み返してきた。

多くの人と同じように、わたしも君の詩に感銘を受けた者の一人なのだ。

君の言う「戦争の哀れさ」について、ながいあいだ思いをめぐらしてきた。

数年前の冬だったが、エディンバラのクレイグロックハート陸軍精神病院跡地を訪ねた。

君があの絶唱「死なねばならぬ若者たちのための頌歌」を書いたその場所を、
君が生涯のある時期に見た風景を、
この目でどうしても見たくなったのだ。

だが、オーウェン君。

詩におとらずわたしの心を打つのは君の手紙だ。

前線からお母さんに宛てた君の手紙を読ませてもらった。

オーウェン君、ウィルフレッド・オーウェン少尉。
君は小隊長としての任務を遂行しながら、
命のやり取りの合間を縫って、
雨と風と泥濘《でいねい》のなかで、
あれらの手紙を書き継いだ。
わたしはもう君の二倍以上の人生を生きているが、
わたしの息子と言ってもいい若さで逝った君に、とてもかなわない。
手紙を読めば読むほど、そのことを痛感させられないわけにはいかない。
そして読めば読むほど、わたしは人生を励まされる。
そこにわたしは認めずにいられないからだ。
修羅場にあってさえ、現われざるを得ない人間の偉大さを。

オーウェン君。
戦争とはどのような現実であるか。
それを君は、戦争のただなかから伝えようとした。
君の手紙は、塹壕に身をひそめる君自身の呼吸そのものだ。
死と隣り合わせに生きている人間の、一回一回の息づかいそのものだ。

戦争を知らず、まして戦場の現実を知らない人間に向かって、君は語り続ける。
戦争で人間が戦う相手は敵兵ばかりではないことを。
いや、戦う相手はそもそも敵兵なのではないことを。
敵は戦争そのものにほかならないということを。

君はあそこに一月の下旬にいたのだった。
わたしはそれよりひと月早い十二月の末に訪ねた。
それがきのう、正確には二〇〇二年十二月三十日のことだ。
風が強かった。しかも雨が降りしきっていた。
その雨が、わずかひとときのあいだ上がったと思うと、
またたく間にあたりは霧でおおわれてしまった。
あのあたりは、いまではもう往時を偲ばせる痕跡はあらかたなくなっていた。
それでも見まがいようがなかった。
街道沿いのあの平原の近くに、二つの大きな戦没者墓地が設けられていた。
立ち並ぶ墓標の数の多さから、君の小隊が置かれた状況がどれほど凄まじかったか、
おぼろげながらわたしは想像することが出来るようだった。

オーウェン君。
君ほど戦争というものを、戦争の内側から見つめようとした詩人はいなかった。
君ほど戦争のなかの人間を、赤裸々にさらけ出そうとした詩人はいなかった。
そうだ、君ほど戦争の幻を嫌悪し抜いた詩人はいなかった。
君ほど敵と味方という二分法に、むなしさを感じた詩人はいなかった。
戦争のおぞましさのなかから、戦争の哀れさに目を凝らし、
戦争の哀れさとは人間の哀れさであることを、君ほど理解した詩人はいなかった。
そうだ、オーウェン君。
生き延びたいと願いつつ、君ほど戦争の恐怖に立ち向かった詩人はいなかった。
戦争の苛酷な矛盾のなかから、
君ほど人間の生の輝かしい矛盾を救い出した詩人はいなかった。
この暗い冬のフランドルの凄まじい雨と風と泥濘のなかで、
わたしは君のあとを辿りながら、
それらのことを自分にはっきりと理解させたかった。

オーウェン君。
セール街道の深い霧のなかで、小隊の先頭に立つ君の姿がもう少しで見えるような気がした。

サンブル・オワース運河の上流を見やったときには、
川岸の木立ちの蔭から、
君の乗った小舟がいまにも姿を現わすのではないかという気がした。
風に乗って、君の声が聞こえてくるようだった。
こんなふうに語る君の声が。

親しい友よ、ぼくのこの認識票に覚えさせておいてくれ。
身に着けていてくれないか、これを。日付けも功績も刻まずに。
ただ、君の心臓の鼓動にだけ押し当ててやってくれ。昼も、夜も。
刻まれたぼくの名前がいつしか色あせ、消え失せてしまうまで。

この「認識票」という詩の一節を、
サンブル・オワース運河に架かる橋のたもとで、
君のために建てられた詩碑のなかにわたしは読んだ。
涙が流れて止まらなかった。
おりからの雨がわたしの頬を叩き、滴が流れた。
それでも涙はちっとも止まらなかった。

だが、若くして逝った君のために流したわたしの涙は、
かならずしも旅人の感傷にすぎなかったわけではない。

オーウェン君。
これだけは言っておきたい。
君の認識票をわたしも受け取ろう。
それをわたしの心臓に押し当てよう。
日付けも功績も刻まずにおこう。
刻むまでもないのだ。
どうして忘れられるものか。
一九一八年十一月四日、
砲声の轟きが止むわずか一週間前、
このサンブル・オワースの運河で、
銃弾を五体に浴びて死なねばならなかった君の運命を。
君が戦った戦争の、そのむごさを。
戦争の、哀れさを。

マダの木――遠野荒川高原

『遠野物語』の山の神秘を語る話のなかでひときわわたしに印象の深いのは、同書拾遺一〇〇に語られる六角牛山《ろっこうしさん》のマダの木にまつわる話だ。

拾遺は言う。マダの木の皮を取りに青笹の某が山に入った。ある日身の丈七尺もあろうかという見たこともない大男に出くわした。マダの皮をどうするのかと問われ用途を説明すると、そうか、では手伝おうと言っていっしょに皮を剝いでくれた。礼に持参の餅を馳走すると舌鼓を打ち、ああうまかったと言った。それからというもの、毎年マダの皮と引き換えに餅を差し出すことになった、うんぬん。

大男の素性は明かされず、マダの皮の用途も語られない。だが大男はともかく、マダの皮がなにに使われるかは推測出来る。菩提樹の仲間でシナの木とも称されるマダの木、その皮は古来その繊維を織ってシナ布と呼ばれる織物にした。いわば山の神秘による恵みであり、衣服用としてアイヌを始め東北一帯の人々に知られた。

わたしの神木がそのマダの木またはシナの木である。ただし山は六角牛山ではない。早池峰と薬師岳を背に負う荒川高原に立っている。てっぺんまで上がるとそれが姿を現わす。樹齢数百年とされる古木である。

晩秋、日も暮れかかるころ高原に行ってみると、すっかり落葉して裸身をさらし、大小の枝を千手観音のように四方に張り広げている。拾遺に語られる魁偉《かいい》な大男が周囲を徘徊しないまでも、さながら物の怪《け》か山の霊でも住みついているかのようだ。

そのマダの木がわたしにいつも右の物語を想起させずにおかない。だが、それだけがこの古木に引きつけられる唯一の理由というわけではないのだ。

葉に覆われている夏の時期は目立たぬが、近づいてよく見ると主幹の五メートル上が、そこから先削いだように欠損している。樹幹を失ってどれほどの歳月を閲《けみ》するのかよく知らぬ。しかも視線を落として太い根もとを見ればなかはうつろだ。これはむかし雷に打たれたためだろうと言う人もいる。

黄昏どきに見上げるその風情に凄愴の気が漂うのは確かである。だがそれ以上にわたしが打たれるのは、その尋常ならざる樹木の力強さのほうである。削がれても、穴をうがたれても、屈しない。峠をわたる強風に年中吹きさらされているが、それでも屈しない。

高原を登ってゆく。するとそのマダの木が、いつも忽然とわたしの前に姿を見せるのである。

V 創造への旅

辱しめられた夜にぼくは立ち会っている——一つの友情を讃えて

辱しめられた夜にぼくは立ち会っている、
とうたった詩人のことを語ろう。
ジュゼッペ・ウンガレッティ、イタリアの詩人だ。
詩の題名は「戦場の幻影」。こういう詩である。

辱しめられた夜にぼくは立ち会っている

空は撃ち抜かれた
刺繍にも似て
一斉射撃で
兵士たちは

みな隠れた
壕のなかに
殻にこもった蝸牛《かたつむり》にも似て

遠くで
悲しみに打ちひしがれた
石工たちが
ふるさとの小道の
火成岩の
石畳を叩いている
見えはしない
聞こえてくるのだ
それが夢うつつに

これが書かれたのは一九一六年八月六日、
第四高地の塹壕のなかだった。
二〇〇六年八月六日、

第一次大戦の戦跡を辿り、イタリア北辺へわたしはおもむいた。
そこはアジアーゴ高原と呼ばれる。
アジアーゴの町の東に、第一次大戦記念廟がそそり立つ。
廟に向かう道すがら、草むす路傍の壁にはめ込まれた
黒い石板が目にはいる。
四角い御影石に文字が刻まれている。
《SOLDATI》『兵士たち』。
ぽつりぽつりと読み分けられる単語は、
秋、木々、枯葉……。
隣り合った石板には、
ヘミングウェイの名前がある。
少し離れてエミリオ・ルッスの名前も読まれる。
もういちど戻って最初の石板を眺める。
夏草の陰に名前が読み取れる。
ジュゼッペ・ウンガレッティ。
刻まれたイタリア語はわたしにはしかと分かりかねるが、
それらが第一次大戦に関わる文学碑であることは確かだ。

記憶をたぐるわたしに一つの詩が思い出される。
それが「戦場の幻影」であった。
とぎれとぎれに詩をつぶやきながら、
わたしは思いめぐらせる。

殻にもぐった蝸牛《かたつむり》さながら、
塹壕のなかで身を縮めるほかない兵士の惨めさ。
間断なく続く射撃音のなかでさえ、
疲労は瞼を縫い合わせようとする。
やがて遠くからその耳に聞こえ始める。
銃撃の音ではない。
別の音。
遠い故郷で、貧しい父親たちが道路で働いている。
朝から日没まで、石畳を叩き続ける。
重いハンマーをふるっている。
苛酷な労働の音だ。

ウンガレッティはエジプトのアレクサンドリアに生まれた。
イタリア南部のルッカからやって来た労働者の次男として。
打ちひしがれた移住労働者の哀しさと、
愚かな戦いを戦わされる兵士の惨めさとが、
こんな高地で出会うとは。
ジグザグに掘られた塹壕のなかで。
辱しめられた深い夜のなかで。
間断なく続く射撃音と、
重いハンマーの音。
二つの音が交差する。
二つの音が重なり合う。
二つの音が置き換わる。
塹壕の底に首を突っ込んでむさぼる、
哀れな兵士のつかの間のまどろみのなかで。
ずっとあとになって、ウンガレッティは語っている。

まさに詩だけが、

わずかに詩だけが、
どれほどの悲惨が押し寄せてきても、
自然が理性を支配しても、
人間がおのれの作品を顧みなくなり、
《元素》の海に漂っていると誰もが気づいたとしても、
まさに詩だけが、
回復できるのだ。
人間を。

第一次大戦に兵卒として従軍したウンガレッティは、
イタリア北辺の前線に送られた。
塹壕日誌を詩のかたちにして書いた。
戦闘の合間に書き留められた。
手にはいるどんな紙でも利用されずにはいなかった。
軍用はがき、新聞紙の余白、
受け取った手紙の白い部分、そのほか。
ある日、一人の中尉が見とがめた。

軍帽を阿弥陀にかぶり、
両手をポケットに入れ、
だらしない恰好をした一人の兵士が、
自分の面前を通り過ぎた、
敬礼もせずに。
――名前は？
――ジュゼッペ・ウンガレッティ。
――どこの出身か？
――ルッカ。正確にはエジプトのアレクサンドリア。
――ジュゼッペ？　ウンガレッティ？　待てよ、
その名前なら知っているぞ。
エットレ・セッラ中尉は詩を理解した。
詩誌『ヴォーチェ』誌や『ラチェルバ』誌の愛読者だった。
中尉は覚えていた。
無名の青年がそれらの詩誌になにか書いていたことを。
中尉は読んだ。
ウンガレッティの背嚢《はいのう》から取り出された書き付けを。

中尉は見抜いた。
塹壕でしたためられた日録を思わせるそれらが、
まぎれもなく詩にほかならないことを。
中尉は胸を叩いてこう言った。
——よし、まかせろ。きみの詩集をおれが出してやろう。

中尉は私費を投じた。
印刷された詩集はたった八十部だった。
だがそんなことは問題ではない。
問題はなにがあるかなのだ。
書かれたもののなかに。
詩集の末尾に置かれた献辞がおのずから語る。
詩とはなにか。
詩とはなにをするのか。

親愛なる
エットレ・セッラよ

詩とは
この世界であり
人類への愛だ
そして自分の命だ
言葉から咲き出たものだ
錯乱の酵母から
浮かび上がった驚異だ

沈黙の奥に
一つの言葉を
見つけたとき
それは命のなかから抉り出した
一つの深淵だ

思いを馳せよう。
そうすれば理解されるはずだ。
それらの詩編こそ驚異だった。

錯乱の酵母から浮かび上がり、
命のなかから抉り出された。
砲弾が飛び交うさなかにもかかわらず。

ウンガレッティはレオパルディを敬愛した。
あの小柄な厭世主義者を。
影響は終生消えなかった。
共感をこめて引かれるレオパルディの言葉がある。

読み終わって瞑想にふけったとき、
読者の心のうちに、
半時間なりと、
やましい考えをはいり込ませない、
やましい行為におもむかせない、
そういう高貴な感覚を残さないような詩を、
いまやわたしは詩と呼びたくない。

レオパルディは言い切った。
この時代に人間性がかろうじて回復可能であるならば、
それは詩のなかの高貴さの感覚によるのだ、と。
人間を人間として定義可能な存在にする特質は、
そうたくさんは見当たらないようである。
それゆえ現代に生きる人間の誰しもが、
依然として人類の辱しめられた夜に立ち会わされている。
そうだ、この世は依然として辱しめられている。
恥辱にまみれている。
しかし、惨めな時代ながら、
なおも人間は、人間を回復しようと努力することを止めない。
たとい人間に、どれほどの悲惨が押し寄せても、
人間は捨て去らない。
人間が人間を回復できるという希望を。
その希望こそ、
詩なのだ。

塹壕の底に首を突っ込んでむさぼる、
危うい兵士のつかの間のまどろみ。
それでも兵士は夢みる。
人間は詩を書くことが出来るということを。
辱しめられた夜のなかで。

出典と解題

現代イタリア最大の詩人と目されるジュゼッペ・ウンガレッティ(一八八八—一九七〇年)の第一詩集『埋もれた港』が刊行されたのは一九一六年十二月、第一次大戦のさなかであった。引用した二つの詩編はいずれも同詩集に収録されている。この第一詩集全体が邦訳『ウンガレッティ詩集』(叢書二十世紀の詩人9、小沢書店刊)に収められている。訳者は河島英昭氏。引用に際し、表記を変えたところがある。

ジャーコモ・レオパルディ(一七九八—一八三七年)は、十九世紀前半のイタリア詩壇を代表する優れた詩人。底深い悲哀に満ちた思想と厭世的な作風とで広く知られる。引用されたかれの言葉は、ウンガレッティの詩論「詩の必要」に見える。

エットレ・セッラ中尉。この人物こそ、「錯乱の酵母から浮かび上がった驚異」の一例と言うべきであろう。イタリアの最前線で出会った部下ウンガレッティの詩にほれ込み、わずかな部数とはいえ出版の労を取った。文学と友情への誠実さを、セッラ中尉はこうしてかたちに表わしたのだった。

第一詩集を論じる書評が現われたのは一七年二月。筆者はジョヴァンニ・パピーニ。ウンガレッティにとって未知の人ではなかった。大戦勃発以前から知己のあいだがらであった。パピーニ自身、文学者として二十世紀前半のイタリアにおける前衛芸術運動を推し進めた中心的な一人だった。書評末尾は次の言葉で締めくくられた。

「ジュゼッペ・ウンガレッティは、詩的世界において、主流でも傍流でもない。イタリア陸軍の一兵卒であると同時に、かれはイタリア詩壇の一兵卒である。戦火に囲まれておのれの魂が滴らせるものを、苦しみの言葉のうちに定着させつつ、詩人としての義務を果たしている。」

アジアーゴの町の東に建てられた第一次大戦記念廟は、一九三〇年代にムッソリーニが建てさせた。廟のなかに何万という戦死者たちを祀る。

堂内にはいり壁の上方を見上げると、戦士の首の像が突き出ている。レオナルド・ダ・ヴィンチが描いた戦闘殺戮の図に「アンギエリの戦い」があるが、そのアンギエリの戦士を思い出させる。図のなかで男たちは人馬一体となってぶつかり合い、殺し合っている。勇敢で、獰猛で、獅子のように咆哮する好戦的な男たちの阿修羅と化したあの顔の表情と、壁から突き出た戦士の首が無気味なほど似ているのだ。

彫刻家はかならずや巨匠が描いた素描としての「アンギエリの戦い」の図を参照したにちがいない。そんなふうに思いながら首を見上げる。するといきなり吶喊が堂内に響きわたった。不意を衝かれてわたしは仰天した。広い通路を足音が突進してくる。まさに吶喊だろうか。振り向くと若い男である。まもなく分かったが、姿の見えないはぐれかけた生徒たちを引率の教師が大声で呼んでいるのだった。たぶん集合時間を過ぎているのだろう。若い教師はすでに血相を変えかけている。わんわんと堂内に反響するその声がまるで雄たけびを聞くようだ。

二〇〇六年夏、ウンガレッティの詩碑やルッスの文学碑をわたしが見いだした場所は、アジアーゴ高原の路傍であったが、ウンガレッティの所属する部隊が配属されたのはアジアーゴ付近ではない。もっと東に寄ったカルソ付近である。そこはイゾンツォ川流域に位置し、トリエステの後背地にあたるところだ。訳者は書いている。

「現在のイタリアと旧ユーゴスラヴィアの国境に沿って南下してくるイゾンツォ川は、ゴリツィア市街を過ぎたあたりで、問題の激戦地に入る。(中略)イゾンツォ川沿いの戦闘は通算十二回に及んだが、兵士詩人ウンガレッティが直接に関わったのは、第五回(一九一六年三月十一—二十九日)、第六回(同年八月六—十七日)、第七回(同年九月十四—十七日)を中心にしたものであろう。」

掲出詩「戦場の幻影」は、第六回目の戦闘初日に書かれた。二〇〇六年夏、このときのわたしの旅程はカルソまで足を伸ばすことをわたしにゆるさなかった。その代わりフィオル山を中心にアジアーゴ付近の山岳戦跡を詳しく見て回ることは出来た。アジアーゴにわたしを向かわせたのは、エミリオ・ルッスの回想録『戦場の一年』(白水社)がそのあたりの山岳地帯を舞台として語られていたからである。

翌〇七年十二月から年明けにかけて再度イタリア北辺におもむいた。このたびはゴリツィアに滞在しながら、「現在のイタリアと旧ユーゴスラヴィアの国境に沿って南下してくるイゾンツォ川」すなわち現在のスロヴェニア領に属するソーチャ川流域に沿って戦跡を広く歩いた。主にヘミングウェイの『武器よさらば』に描かれる戦跡を辿った。先に上梓した拙著『百年の旅　第一次大戦戦跡を行く』(彩流社)にこのときのことを詳しく書いたのでここでは述べない。

同書でウンガレッティについてはあえて言及しなかった。というのは、ことの行きがかりとせず機会を改めてもういちど出かけ、そのうえでウンガレッティのことを書きたかったからである。十数年たったがその機会をわたしはいまだに得られずにいる。

橋はどのようにして出来るか——フランツ・ファノンの教え

橋はどのようにして出来るか。
橋の思想を次のようにフランツ・ファノンが語った。
橋は、天から授けられるものであってはならない。
橋は、人々の筋肉と頭脳から生まれなくてはならない。
人々自身が橋を計画し、
計画を考え直し、
計画を引き受けなくてはならない。
橋をわがものとするためである。

橋の細部においても。
橋の全体においても。
そうすれば、すべてのことが人々に可能となる。

橋はどのようにして出来るか。
橋は出来ないほうがいい。
これまでのように、泳ぐか、渡し船に乗るかして、
川を渡ればいい。
もしも橋を建設することが、そこで働く人々の、
意識を豊かにすることを意味しないならば。
橋は天から授けられるものであってはならないからだ。
橋は落下傘で空から投下されてはならないからだ。
橋は、人々の筋肉と頭脳から生まれなくてはならないからだ。
橋をわがものとする。
そうすれば人々に可能となる。
橋のみならず、すべてのことが。
それがファノンが人々に向かって語ったことだった。

出典
フランツ・ファノン『地に呪われたる者』（みすず書房）。

愚者への憧れ――ギリシアの旅

五月の陽が落ちかかり、まばゆく輝いていた。
旅人はテーバイ近郊に差し掛かった。
眼前に迫る黒い断崖を仰ぐと、ようやく道筋が見えてきた。
誠実な人間は真実を究明しようとする。
だが、その誠実さが破滅をもたらす。
矩を越える愚を犯したからか。
誠実さに倣った不遜さからか。
旅人はいずれとも思わない。
陽の落ちかかるテーバイの町外れに立ち、
旅人は考える。

真実に憑かれた人間というものが存在するのだ。
真実のむごさを知りながら、それでも真実の究明を止めない。
人間の矩を踏み越えることと知ってあえて踏み越える。
人は言おう。畏れを知らない愚者と。
人は嗤《わら》おう。分別をわきまえない未熟者と。
そのとおりである。
だが、その未熟者にして愚者を旅人は敬愛して止まないのだ。
旅人は未熟者の苦しみに憧れる。
真実に身を焼かれる愚者に憧れる。

星の恋人たちの物語——ソールズベリの語り部

むかし、イギリスのソールズベリという小さな町にしばらく暮らしたことがあった。
ある日、八十歳を過ぎたおばあちゃんの家に招かれた。

お茶をごちそうになった。

本好きのおばあちゃんだった。

――独り暮らしをするようになってからもう何百冊も読んだのよ。

なかなか眠れないとき、夜なかに目が覚めてしまったとき、
眠くなるまで本を読むことにしているの、と言った。

日本の昔話も好きだと言い、あなたの国には素晴らしい物語があって、
素晴らしい語り手がいたのねえ、としきりに感心していた。わたしも相づちを打った。

いちばん美しい話としておばあちゃんが挙げたのが、牽牛と織女の物語だった。

古代中国に出典がある話だが、むかしの日本の物語としておばあちゃんは受け取っていた。

――一年に一度、天の川の遠い向こう岸で恋人が待っているでしょう。

すると何千羽か、何万羽かもしれない無数の鳥たちがやってくる。

一列に並んでそれぞれの翼の先を重ね合わせ、川の向こう岸まで橋を架けてくれるの。

天の川にふさわしい素晴らしい光景ね。

日本人の想像力はなんて天才的なんだろうと思って、日本が大好きになったの。

驚いたのはわたしのほうであった。

無数の鳥が並んで天の川に翼の橋を架ける情景がありありと思い浮かべられた。

おばあちゃんがどの本で読んだにせよ、それはもうおばあちゃんの物語なのだった。

美しい物語は人間の想像力に新たな翼を与えるのだ。
新たな翼を得て想像力は天空を高く飛翔する。
天空をゆく物語は民族を越える。
なんと素晴らしいことだろう、とわたしは思わずにはいられなかった。

付記
ソールズベリに滞在したのは一九九二年のことだ。のちに二十年もたってから、あるきっかけがあって知ったが、ウォリック・ゴーブルという画家による挿絵に、ソールズベリのおばあちゃんが語ってくれた話どおりの一枚があった。それに基づいて語られたのだったろうか。そうかもしれないが、ほんとうのところは分からない。なにしろあの日の午後、わたしを感動させたのはおばあちゃんの想像力と語りだったのだといまだに思っている。

旅の途上で出会った男——ロダン美術館

一

旅の途上で一人の男に出会った。

男は高い台座の上で考えていた。
一心に、全身で。
なにを考えているのか。分からない。
旅人は問うてみた。
なにを考えていなさる。
男は一言も口を利かなかった。
なにものも示唆しなかった。
旅人はあきらめなかった。
旅人は立ち去らない。
問いに答えてもらうまで。
やがて、見上げるうちに分かってきた。
問うのは旅人ではなかった。
問うのは台座の男なのだった。
男は旅人に問うていた。
旅人よ、おまえはなにを考えている。
旅をしながらなにを考えている。
なにを考えている、とは？

男の問いはまるでスフィンクスの謎のようだった。

二

おまえはいずれかを選ぶだろう。
神託所の前で人間を嘲笑う巫女の邪悪さか、
断崖から跳んで死を遂げるスフィンクスの謎か。
旅人よ、抜かるな。選択を誤るな。
しかして畏れよ。
人間、この謎を。
心せよ、二つは同じものではない。
神託は邪悪な生のうちにあり、
謎は残酷な死のうちにある。

決められた運命に立ち向かうのではない。
運命から立ち去るのでもない。

運命を逃れようとすれば、新たな運命が追いかける。
運命に立ち向かえば、運命に滅ぼされる。
それでいながら依然として運命はおまえのもの。

それゆえ運命を成し遂げよ。
憶するな。ひるむな。
運命の面構《つらがま》えをよく見るのだ。
そして面皮《めんぴ》を剥ぎ取れ。
それがおまえの運命と思え。

聖なる習慣

アメリカ先住民のある部族の習慣を、ソローが掲げている。
その部族は、収穫祭が近づくと、身の周りの所有物を一新する。

新しい服、新しい靴、新しい鍋、新しい窯、新しい家具、といった具合だ。

いっぽう、着古した服や履き古した靴を集める。

家のなかや周囲を隈なく掃除する。

こうして出たごみやがらくたを、残った穀物やほかの食べ物と一緒にして、広場に積み上げる。

火をつけて、みな燃やしてしまう。

おまけに三日間、断食する。

四日目、乾いた木をこすり合わせ、新たに火を起こす。

そこから、人々は汚れのない火を取り、それぞれの家に持ち帰る。

このような儀式ほど聖なるものがこの世にあろうか、とソローは言う。

ソローの真意を理解するのが、ぼくにはとてもむずかしかった。


その後、美術史家のバーナード・ベレンソンが、自伝でこう語っているのをぼくは知った。

ぼくらはあまりにも物を作りすぎる。

すべてがあまりにも多すぎる。

卓越した天才は別だが、ぼくらが作り出すものは、しょせんこの世にあとをとどめない。

のちの世まで名を残そうと夢みても詮ないことだ。

千年、二千年、三千年、四千年、と時がたつにつれ、名前さえただの冷たい言葉になってゆく。
これからは、ぼくらが力を注ぐべきものは、すべて非生産的なものでありたい。
談話、演劇、歌、舞踊、スポーツ――これらは非生産的な活動である。
それらは消え失せる。
だが、人間の心を鍛える。からだをつくる。
個人と個人とからなる団体や組織を、人間らしくする。
古代ギリシア人たちは、そのような非生産的な活動の創造性を理解していた。
ベレンソンはそう言ったが、それでもまだぼくは理解しなかった。

その後、シェリーの「オジマンディアス」という詩を読む機会がぼくにあった。
一人の旅人がエジプトの砂漠から帰ってきて、自分が見たものを語るのだ。
ぼくに思い描かれた情景を語ろう。
砂漠の真ん中に、巨大な、胴のない、石の足が二本立っている。
落ちた頭部は壊れ、半ば砂に埋もれている。
台座に刻まれた言葉はこうだ。
「わが名はオジマンディアス、王のなかの王なり。
全能のものよ、ご照覧あれ、わが行いし大いなる業を。

しかしてわれより後に来たるもの、絶望せよ!」
時はたった。千年、二千年、三千年、四千年。
もはや賞賛の声はない。もはや歓呼の声もない。
代わりに聞かれるのは、ただ風の音だ。
吹き曝されて、名前さえただの冷たい言葉となった。
ほかにはなにもない。
平らな砂漠の果てから風は吹いてくる。
平らな砂漠の果てまで風は吹いてゆく。
ほかにはなにもない。されば、
絶望せよ、オジマンディアス。
絶望せよ、オジマンディアスたろうとする人々。

こうして、ぼくはようやく腑に落ちたのだった。
アメリカ先住民のある部族に伝わる習慣の尊さが。
ソローが言うように、それがいかに聖なる儀式であるかということが。
かれらは知っていた。
絶望を乗り越えるすべを。

永遠の前で。

出典

ソローについては「Ⅳ　孤独への旅」の「森のなかで迷う」の註を参照。ベレンソンについては「Ⅲ　希望への旅」の「談話の人」の註を参照。シェリー作「オジマンディアス」については『シェリー詩集』(新潮文庫ほか)参照。オジマンディアスとはラメセス二世のギリシア語の呼称。

善き羊飼いの教会——ニュージーランドの湖畔にて

小さな教会が南半球の湖畔に佇む。一九三五年、地元の石材のみを使って建てられた。善き羊飼いの教会と名づけられた。ここに入植した開拓者たちの魂のよりどころとなった。それまで人々は各自の家で礼拝していた。

湖水の名はテカポ湖。北と南の二つの島からなるニュージーランド、その南島のほぼ中央に位置する。湖の向こうに目を投げると、雪を戴いた連峰が眺められる。

陽が落ちる。山々の上空に光の点が現われる。初めは一つ、二つ、三つと数えられる。やがて点は増え始める。徐々にではない。急激に数を増すのだ。こうして大空に光の砂が散乱する。

湖畔で見上げる南半球の星空はずば抜けて美しいと言われる。事実、丘に登ると天文台が設けられている。近年評判が高くなるにつれ、世界中から観光客が集まってくるようになった。小さな教会の写真がネット上に多数アップされている。いずれも天の川はじめ満天の星空を背景にした見事な写真ばかりだ。

当然ながら大小さまざまの宿泊施設が増築され、また成り行きで周辺には娯楽施設も次々と建設される。飲んではしゃいで嬌声を上げる若者も増えたという。

ながいあいだの深い静寂がにわかに失われつつあることは避けられない。要するに地球上のあらゆる秘境がそうであるように、この湖も急速に「俗化」の波に洗われつつある。

わたしは二〇一七年の三月に長年勤めた大学を退職した。前年暮れからニュージーランドに出かけ、年明けの六日まで滞在した。それまで南半球に出かけたことはいちどもなかった。ニュージーランドを選んだ理由は、そこが現代英文学の歴史に特異な足跡を印した短編小説作家、キャサリン・マンスフィールドの生まれ故郷だったからだ。

といっても、彼女が生を享けたのは北島南端に位置する首都ウェリントンである。南島中央部にあるテカポ湖とは距離のうえでかなり隔たりがある。だから、湖にまでわたしが足を運ぼうと思ったのは、マンスフィールドとじかに関わりがあってのことではなかった。それでもこの湖が見たかったたし、星空も見たかった。つまり一般観光客となんら変わりない動機に駆られて出かけたわけだ。なにより惹かれたのが善き羊飼いの教会と名づけられた小さな教会だった。

わたしの撮った写真にその教会は写っているが星はない。だが、星はある。考えてもみられよ、ここに集う人々は自らの心に星を宿していたのだ。

口舌の徒

大量の人間が殺し合いを繰り返した第一次と第二次の両大戦の戦場跡に立ち、吹きすさぶ風に五体をさらしていると、かならずわたしは言いようのない奇妙な感じに見舞われる。なにしろそれをひと口に言うのはむずかしい。

あたかも両方向から吹きつのる風を、いちどきに受け止めよと言われているようだ。

いっぽうで人類の途方もない愚行の跡に自分は立っているという圧倒されるような思い。

他方では人間の偉大な要素、自己犠牲や勇敢さが発揮されたにちがいないという畏敬の念。

二つの感情が折り合うことはない。わたしを錯乱の渦に巻き込むだけだ。

運命とは個人の思量など歯牙にもかけない非情な力である。

にもかかわらず、運命に見込まれながら、それに立ち向かうのは個人の主体のとうてい及ぶところでないとはわたしが考えない。

主体の抵抗を想像力によって粘り強く示し続けた一群の作家たちがいる。かれらこそは口舌の徒だった。

たとえばエドガー・アラン・ポー、ハーマン・メルヴィル、そしてジャック・ロンドンしかり。これまでわたしが取り上げ、論じてきたどの作家、どの作品にも共通して言える。

五体はたとい敗北し去るほかないとしても、その人間のなにかは生き延びるのだ。

両大戦のように集団的で没個性的な近代戦においてすら、人間はなにものかであることが出来る、とエルンスト・ユンガーは考えた。

わたしは自分の思考をあえて「塹壕の思想」と呼ぶことにしよう。

打ち続く砲撃のさなかに、塹壕のなかでシェルショックの瀬戸際にいる兵士たちと、すさまじいストレスに曝されている現代の人間。

両者には共通点がある。自閉症や鬱病は現代のシェルショックなのだ。

どうやって立ち向かうかを日夜考えなくてはならない。

わたしの対処法は明確である。

古くて新しい。エドワード・サイードが言った Productive anguish がそれである。

すなわち創造的憤怒。

人間を無力化するものに対する創造による怒りの表明。

通常は、がまんにがまんを重ねて、ついに武器を取って立ち上がるという図式となる。

だが創造的憤怒はちがう。それはいわばシェヘラザーデの方法だ。

あすのいのちを長らえるため怒りを内に秘め、代わりに物語の持つ力をぞんぶんに発揮し続ける。

それが塹壕のなかからの抵抗思想の実践にほかならない。


かつて黒死病の恐怖とたたかうため、洞窟にこもって物語を語り続けたデカメロンの人物たち。

かつて防空壕のなかで、怯えるわが子に向かってひたすらお伽草子を語り続けたある「デカダン」作家。

かつてアイルランドのある作家は言った。

「祖国よ、わがために汝の命をささげよ。」

祖国のために汝の命をささげよ、ではない。

この恐るべき反語精神！

偉大な口舌の徒の言葉とは、まさにこういう一言を言うのだ。

そして身をもって千夜と一夜奇想天外な物語を披露し、
とうとうスルタンの根深い不信の壁を突き崩したシェヘラザーデ。

つまり、徹底して口舌の徒であり続けること、
これに尽きる。

答えが与えられることはないだろう

答えが与えられることはないだろう。
わたしが生きているあいだには。
それにもかかわらず、問いかけることをけっして止めない。
問い続けなくてはならないことがあるからだ。
ひるんではならない。
その問いはなくてはならないのだ。
答えが到来するその日までわたしが生きられないとしても。
なぜなら、問いが続くあいだは、
われわれは考えることが出来るのだから。

どうあらねばならないかを。
人間が人間であるために。
考えているあいだだけなのだ、
苦しみにあらがって人間が人間でいられるのは。
問い続けているあいだだけなのだ、
苦痛に逆らって人間がこの世を生きてゆくことが出来るのは。

あとがき

本書の趣旨と成り立ちについてはまえがきに記したので繰り返さないが、以下のことを記して読者のご海容をお願いしたい。収録した諸編のうち既刊拙著から再録したものが何編かある。彩流社から刊行したもので言えば『星の時間を旅して』(二〇一五年)の「静寂――スカイ島の谷間の道をゆく」がそうである。それから『百年の旅――第一次大戦戦跡を行く』(二〇一八年)の題辞とした「朽ちた道」がそうである。再録したいと思った詩編はほかにもある。だが当然ながら出来るだけ重複は避けたかった。ただし、本書全体をつらぬく主題を浮かび上がらせるのに、「静寂」の一編だけはどうしても必要と思われた。それはいわば荘子に語られる「空谷の跫音」である。

いっぽうで、発行元を異にする拙著から再録したものは一、二編にとどまらない。「残された者の追憶のなかに――ミラノにて」や「フランドルの冬――ウィルフレッド・オーウェン紀行」(「フランドルのもがり笛」改題)はスペース伽耶から二〇〇九年に上梓した『黄金の枝を求めて――ヨーロッパ思索の旅』に収録したものであるが、同書から取られているものがほかにもある。というのは品切れのため目下入手困難と聞いたので、ここに再録して熱心な読者の方々に関心を持っていただきたいと考えたからである。

カバー写真についても一言しておきたい。スペイン巡礼路の難所の一つにサン・ロケ峠というところがある。坂がやや降りにさしかかるころ、一人の巡礼がうしろ姿を見せ始める。ブロンズの像である。頭上から強い日差しを浴び、ふもとから吹き上がる強い風に耐えて歩いている。長旅にかなり疲れた様子だが、歩みを止めないその印象的なたたずまいにわたしは打たれないわけにいかなかった。二〇〇〇年五月初旬のことだ。昨年、同じ季節、同じ場所で、わたしはこの老いた巡礼と再会し、十九年ぶりに久闊を叙した。依然として歩き続ける巡礼とわたしがどういう言葉を交わしたかは、本書の五十編あまりの散文詩が明らかにしてくれるだろう。

本書を刊行するにあたり、何人もの人々から励ましを受けた。とくに畏友・阿部修義さんからの友情に満ちた激励はありがたかった。

そしてこれまでの拙著の場合と同様に、このたびも彩流社社長・河野和憲さんに全面的にお世話になった。同氏のご尽力がなければ本書がこのようなかたちで世に出ることはおぼつかなかったであろう。深く感謝したい。

著者識

二〇二〇年九月十九日

【著者】
立野正裕
…たての・まさひろ…

1947年福岡県生まれ。明治大学文学部名誉教授。岩手県立遠野高校卒業後、明治大学文学部に入学。明治大学大学院文学研究科修士課程修了。その後、同大学文学部教員として英米文学と西洋文化史を研究。反戦の思想に立ち、今日の芸術と文学を非暴力探究の可能性という観点から考察している。また「道の精神史」を構想し、主としてヨーロッパへの旅を重ね続ける。主な著書に『精神のたたかい―非暴力主義の思想と文学』『黄金の枝を求めて―ヨーロッパ思索の旅』『世界文学の扉をひらく』『日本文学の扉をひらく』(いずれもスペース伽耶)、『紀行　失われたものの伝説』『紀行　星の時間を旅して』『スクリーンのなかへの旅』『スクリーン横断の旅』『根源への旅』『紀行　辺境の旅人』『紀行　ダートムアに雪の降る』(いずれも彩流社)等がある。

Sairyusha

紀行《きこう》　いまだかえらず
二〇二〇年十月二十四日　初版第一刷

著者――立野正裕
発行者――河野和憲
発行所――株式会社 彩流社
〒101-0051
東京都千代田区神田神保町3-10大行ビル6階
電話：03-3234-5931
ファックス：03-3234-5932
E-mail：sairyusha@sairyusha.co.jp

印刷――明和印刷(株)
製本――(株)村上製本所
装丁――宗利淳一

ISBN978-4-7791-2714-4 C0022
http://www.sairyusha.co.jp

フィギュール彩

〔既刊〕

㉑紀行　失われたものの伝説

立野正裕◉著

定価（本体 1900 円＋税）

荒涼とした流刑地や戦跡……いまは「聖地」と化した「つはものどもが夢の跡」。聖なるものを経験することとは何か。じっくりと考えながら二十世紀の「記憶」を旅する。

㉟紀行　星の時間を旅して

立野正裕◉著

定価（本体 1800 円＋税）

文学・歴史・美術をめぐる省察。もし来週にも世界が滅びてしまうとしたら……その問いに今日依然として「わたし」は答えられない。それゆえ、いまなお旅を続けている。

⑲スクリーンのなかへの旅

立野正裕◉著

定価（本体 1800 円＋税）

「聖なるもの」を経験する映画＝劇場への旅。最短の道を行かずに迂回しあえて選ぶ険しい道、眼前に立ちはだかる巨大な断崖。身近な旅は「劇場」のなかにある。